I0831398

Jakob Wassermann

Die Schaffnerin

Salzwasser

Jakob Wassermann

Die Schaffnerin

1. Auflage | ISBN: 978-3-84608-465-6

Erscheinungsort: Paderborn, Deutschland

Erscheinungsjahr: 2015

Salzwasser Verlag GmbH, Paderborn.

Jakob Wassermann

Die Schaffnerin

Salzwasser

Kleine Bibliothek Langen Bd. X

Jakob Wassermann

Die Schaffnerin

Die Mächtigen

Novellen

Paris, Leipzig, München
Verlag von Albert Langen
1898

Inhalt.

Die Schaffnerin

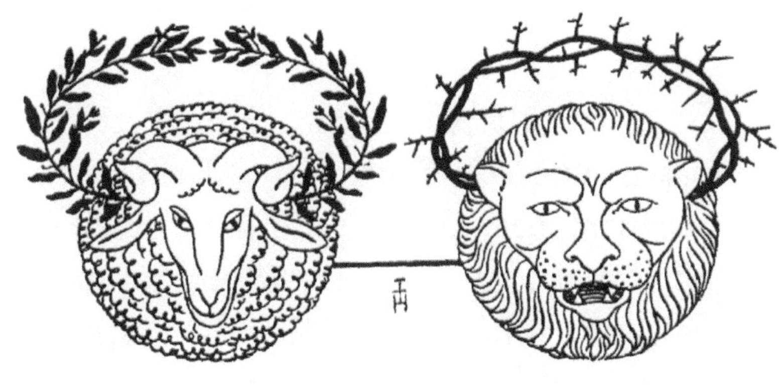

I.

In der Nähe einer unterfränkischen Stadt lag ein hübsches Gut, das dem Generalleutnant von Bruneck gehörte. Der Besitzer selbst wohnte niemals dort, kam höchstens zwei- oder dreimal jährlich zur Inspektion, wobei die Zeit seines Aufenthaltes so kurz war, daß der Bursche, der sein Pferd hielt, während dieses Wartens durchaus nicht ermüdete. Es ging die Rede, daß traurige Familien-Erinnerungen den Herrn von Bruneck an einen längeren Aufenthalt auf seinem Gut nicht denken ließen.

Seit zwei Jahren verwaltete das Besitztum der „Amtmann" Bödensaß, ein phlegmatischer alter Herr, der alle Geschäfte, Schreibereien, Abmachungen und Verkäufe dem Belieben seines Untergebenen, des Wirtschaftsschreibers Tarnow überließ. Tarnow war ein schweigsamer, gutmütiger und mitleidiger Mensch. Er konnte Niemanden beleidigen oder kränken, er konnte keinem Menschen ein böses Wort sagen. Ungefähr einen Monat, nachdem er seine Stellung angetreten, ereignete sich folgender Vorfall. Der Fuhrknecht Stauff hatte zu schwer aufgeladen. Das einzige Pferd zog an dem übervollen Wagen, als ob ihm die Rippen springen wollten; es war zum Erbarmen. Das schlecht genährte Tier, das längst sein Gnadenbrot oder den Todesstreich verdient hatte, brachte den Wagen kaum bis zum Hof, der etwas bergig anstieg, wie denn überhaupt das ganze Gut auf einem Hügel lag, der die Form eines Katzenbuckels hatte. Die Schindmähre bemühte sich umsonst, das ächzende und knarrende Fuhrwerk in die Höhe zu ziehen; sie verdrehte die Augen, hing den

Kopf tief und angespannt nach vorn, tappte mit den Hufen verzweifelt und in schnellen Schlägen herum, zerrte und zerrte, aber der Wagen, der mit Ziegeln für den Bau einer Art Waschküche beladen war, rührte sich nicht von der Stelle. Der Knecht aber bildete sich ein, die Mähre sei nichts weiter als starrköpfig; er schimpfte und wetterte deshalb und hieb sinnlos auf den schweißtriefenden Gaul ein, wobei er selbst mehr und mehr in Hitze geriet. Da sprang Tarnow aus dem Thor des Hauptgebäudes (er hatte den Vorgang von den Fenstern des Bureaus aus verfolgt) und sagte zu dem Knecht mit einer Stimme, deren Schüchternheit und Weichheit in seltsamem Gegensatz zu seinen erregten Bewegungen stand: „Stauff, das taugt nicht! Hören Sie auf, das arme Tier zu quälen. Hören Sie, Stauff? Sie sollen aufhören." Er war bleich geworden. Aber der Knecht beachtete ihn nicht und holte nur noch grimmiger mit der Peitsche aus. Da trat Tarnow näher und fing den Arm des

Knechtes auf, der darüber völlig außer Fassung geriet, einige Schritte zurücktrat und mit der Peitsche dem Amtsschreiber ins Gesicht schlug.

Tarnow sagte nichts, sondern blieb ruhig stehen. Weil ihn die Haut schmerzte, blinzelte er ein wenig mit den Augen. Der Knecht machte ein finsteres Gesicht und schien Furcht zu haben. Er murmelte vor sich hin, gab dem Gaul noch ein paar Stöße mit der Faust, spannte ihn aber dann aus.

Es wäre Tarnow leicht gewesen, den rohen Knecht vom Gut zu entfernen. Er that es nicht, sondern schwieg den Zwischenfall tot. Es widerstrebte ihm, beim Amtmann den Ankläger zu machen; er fühlte sich förmlich zu schwach dazu. Wenn er nicht gleich vergessen hatte, so hatte er doch gleich vergeben, und wenn auch die Magd Libuhn vom Küchenfenster aus Zeugin von all dem gewesen war, fühlte er sich doch nicht in seinem Stolz beleidigt, sondern ging ruhig wieder in seine Arbeitsstube, wo der

Amtmann in einem überaus breiten Lehnstuhl behaglich schnarchte.

Im ganzen war es ein ruhiges, ein friedliches Leben auf dem Gut. Selbst zur Erntezeit war nirgends eine übermäßige Hast zu bemerken. Jeder wußte, was er zu thun hatte und jeder that, was er wußte. Der Hühnerstall war von prächtigen Exemplaren bevölkert, und ein Hahn von wahrhaft patriarchalischem Ansehen übte eine liebenswürdige Autorität aus. Enten und Gänse lebten einträchtig zusammen, die Schweine grunzten glücklich hinter ihren Verschlägen, Kühe, deren Euter von Milch strotzte, verlebten in schwerer philosophischer Ruhe ihr Leben, die Singvögel jubelten tagaus, tagein auf den Bäumen und schwiegen erst still, wenn der Knecht Stauff des abends zur Milchmagd schlich, um sie zu küssen. Das Land umher bestätigte und weihte diese Hülle von Frieden und Eintracht. Sanfte Hügelketten, lagen die Weinberge ringsumher, in der Ferne abgelöst durch dunkle

Wälder. Deutlich sichtbar lag die Stadt mit vielen Türmen im Osten und mitten in der Ebene dazwischen erhob sich der Riesenbackstein-bau der Infanterie-Kaserne. Nur wenige hundert Meter weit wälzte der breite, majestätische Main seine Wogen dahin: gleichsam das Symbol all der Fruchtbarkeit, die sich hier so mühelos ent-faltete.

Tarnow liebte dieses Land. Wenn er sein Tagewerk beendet hatte, nahm er Hut und Stock und verließ das Gut, um durch die Wiesen den Strom entlang zu wandern. Zum Erstaunen aller sonstigen Fußgänger begleitete ihn dabei ein Kater, den er Hofmann genannt hatte und den er sehr liebte. Dieser Kater folgte ihm überall hin; nichts was sonst die Seele einer Katze verlockt, konnte ihn abziehen; folgsam, mit gesenktem, anmutig geründetem Schweif schritt das wunderliche Tier hinter seinem Herrn einher.

So überaus zufriedenstellend lagen die Dinge

auf Gut Bruneck, als mit einem Male eine schroffe und folgenschwere Wandlung eintrat.

II.

In der dritten Woche des Mai wurde der Amtmann Bödensaß plötzlich sehr krank. Er konnte weder stehen noch gehen, und auch im Liegen ächzte er. Man holte den Arzt, der den Kopf schüttelte und heiße Wicklungen verordnete. Aber an demselben Abend noch bemerkten alle vom Gut, daß es unaufhaltsam zu Ende gehe mit dem Alten. Am anderen Morgen um ein halb fünf Uhr verschied er. Die Trauer um ihn war herzlich und aufrichtig, denn er war ein seelenguter Mann gewesen. Zorn und Härte waren ihm ebenso fremd gewesen, wie Enthaltsamkeit und übermäßige Anstrengung. Nur die Stadt war ihm verhaßt gewesen, und ein Städter war in seinen Augen ein untauglicher Mensch.

Dem Begräbnis wohnte der Generalleutnant selbst bei. Er hielt eine kurze Ansprache in strengen militärischen Worten, die wie mit dem Messer geschnitten von seinem lippenlosen Mund fielen und legte einen Kranz auf den Sarg. Da der Amtmann keinerlei Anverwandte in der Welt hatte, verlief die Feierlichkeit im ganzen ziemlich kühl. Auf dem Gut wurde nachmittags ein Gelage abgehalten, bei dem von Trauer nicht mehr viel zu spüren war. Tarnow hielt sich jedoch fern. Er war der Abrechnungen halber mit den Büchern zum Generalleutnant gegangen. Die Knechte spöttelten darüber; ob er wohl glaube, daß er den ledigen Posten jetzt für sich bekomme? Da hätte es aber gute Wege. Stauff saß mit der Libuhn Arm in Arm, und beide lachten über den ehrgeizigen Schreiber.

Möglich, daß Tarnow gehofft hatte, Amtmann zu werden. Redlich und geduldig genug hatte er gedient. Auf jeden Fall schlug sein Herz gewaltig, als am Sonntag in der Früh der

Überlandbote einen an den Wirtschafts-Schreiber gerichteten Brief brachte, dessen Adresse von der Hand des Generalleutnants stammte. Mit zitternden Fingern riß Tarnow den Umschlag entzwei; die Augen gingen ihm fast über, und er bat den Jäger Klein, der heute vom Forst gekommen war, um einen Stuhl. Aber der Generalleutnant schrieb in seiner kurzen, gemessenen Weise nichts als das, daß der neue Amtmann am 1. Juni auf Bruneck eintreffen werde und befahl, die nötigen Vorkehrungen unverzüglich zu treffen.

Tarnow saß noch lange mit dem Papier in der Hand und starrte auf die Wiesen hinaus. Dann aber streichelte er seinem Kater das pechschwarze, glänzende Fell und lächelte in seiner geduldigen Weise.

Einige Tage später traf der neue Amtmann ein. Er hieß Truchs. Er war weit über Mittelmaß gewachsen. Dabei war er ziemlich dick, so daß seine Schultern etwas nach rückwärts gebeugt waren. Er hatte einen hellbraunen Bart, der an manchen Stellen schon ins Graue spielte, eine Adlernase und eine vollkommene Glatze. Seine Augen hatten etwas Unruhiges, Spähendes, fast Irres. Sie waren stets wie in weite Ferne gerichtet, schienen durch die Gegenstände hindurchzublicken und nahmen oft einen kalten, tückischen Ausdruck an.

Gegen Mittag war er in einer etwas altmodischen Kalesche vorgefahren, in Begleitung eines jungen Weibes, die er dem Tarnow gegenüber als seine Wirtschafterin bezeichnete. Er besah das Herrenhaus vom Giebel bis zum Keller, ließ sich die Ställe zeigen, ging in den Garten, auf die Äcker und in die Vorwerke, wobei ihn der Knecht Stauff begleitete. Als er zurückkam, suchte er das für ihn hergerichtete Wohnzimmer auf und ließ den Kaffee bringen, den Frau Leuthold, seine Wirtschafterin, inzwischen bereitet hatte. Während er aß, gab er seine Zufriedenheit zu erkennen. „Fanny," sagte er unter behaglichem Schmatzen, „man wird sich hier gut einnisten. Hier ist gut sein." Lachend tätschelte er ihre Hand.

Fanny Leuthold nickte nachdenklich.

Als er fertig war, rief der Amtmann nach Tarnow. Tarnow kam. Sein Gesicht war etwas blasser als sonst, seine Haltung etwas gebückter. Mit Augen, die fast den fragenden Augen eines Kindes glichen, sah er den Amtmann an. Truchs warf sich mit übertriebenem Behäbigthun auf seines Vorgängers alten Lehnstuhl, den man hierherein geschafft hatte, und fragte spöttisch: „Na, was machen Sie denn für ein Gesicht?"

Tarnow senkte den Kopf und lächelte schüchtern.

„Mir scheint, das Gut wurde bisher ziemlich schlecht verwaltet, wa?" sagte Truchs plötzlich mit gleichsam drohendem Ernst und auf seine Stirn legte sich eine lange, tiefe Falte wie ein Reifen.

„Wir haben nach besten Kräften gearbeitet," erwiderte Tarnow langsam und unbefangen.

Der Amtmann brach in ein wieherndes Gelächter aus und patschte sich auf die Schenkel. „Vorzüglich, hähä! Haben Sie gehört, Fanny, — hähä —? Nach besten Kräften ist doch vor — züglich, hähähä! wa? Der Mann hat Talent. Wo haben Sie denn die Schule besucht, Tarnow?“

„In Arnstein,“ sagte Tarnow mit völliger Ruhe.

Der Amtmann schien dem Ersticken nahe; sein Gewieher wurde immer dumpfer. „Vor— züglich!“ ächzte er, „giebt's da mehr von der Sorte, in Arnstein? Vor — züglich! Nach besten Kräften ist unbezahlbar!“ Er klopfte sich noch ein paarmal wie beschwichtigend auf seine fleischigen Schenkel und verschnaufte dann. Plötzlich stand er auf, und sein Gesicht zeigte nun unvermittelt eine bösartige Ruhe. „Von heute ab wird das anders,“ sagte er rauh. „Oder sagen wir lieber von morgen früh ab, ich will nicht tyrannisch sein. Also von morgen früh ab wird hier ein anderes Regiment sein. Jetzt können Sie sich trollen, mein lieber Tarnow aus Arnstein."

Tarnow verließ die Stube und wie er in den langen, schmalen Flur trat, glaubte er, die getünchten Mauern hätten auf einmal eine andere Farbe erhalten. Vor dem Thor mußte er die flache Hand vor die Augen halten; denn die untergehende Sonne blendete ihn. Die Berge und der Strom waren verschwenderisch übergossen mit gelber Glut, die von Sekunde zu Sekunde tieffarbiger wurde, bis die ersten scharlachroten Streifen über einer zerfließenden Wolke im Westen hervorquollen. Alles zitterte und bebte auf den Feldern und Wiesen: die Halme der Gräser und des Getreides, das Insektengetier in den Lüften, die Dächer ferner Hütten und die Eisenschienen der Bahn glitzerten an den Kurven so sehr, als seien sie nahe daran, Feuer zu fangen. Tarnow erschrak fast vor all dem Leben in Flammen. Er dachte: nun, heuer wird man guten Wein haben.

Er sah von der Richtung der Kaserne her ein Mädchen kommen. Zuerst war er ungewiß, wer es sei, denn die Gestalt schien völlig zu verfließen im Sonnenglast. Dann aber nickte er beifällig vor sich hin; er wußte schon, es war Galeners Anna, eine Base der Libühn, ein junges Ding von vierzehn Jahren. Sie kam jeden Samstag auf das Gut heraus und schleppte einen Korb mit sich, in welchem sich Fettnudeln befanden. Für geringes Geld verkaufte sie die an die Knechte und Mägde, und auch Tarnow nahm bisweilen ein Stück, nicht, weil ihm die Mehlspeise besonders wohlschmeckte, sondern aus Gutmütigkeit und weil er damit dem Mädchen eine Freude zu machen glaubte. Nun kam sie wieder und lachte schon aus aller Ferne dem Wirtschafts-Schreiber zu. Auch der Knecht Stauff sah es und kam und die Miresin, eine Magd, die schon mehr als zwanzig Jahre auf Bruneck war, „dazumal, als die Herrschaft noch da war."

Tarnow stand schon bei ihr, öffnete mit der einen Hand den Korb und strich mit der andern sanft über die erhitzten Wangen des Mädchens. Auch die andern schauten neugierig, halb verschmitzt, halb begehrlich lächelnd in den Korb, aus dem ein fettig-süßer Geruch stieg. Auf einmal machte sie eine harte, zornige Stimme auseinander fahren. Bestürzt sahen sie sich um: es war der Amtmann. „In des Teufels Namen, was ist hier los!" Er schrie so, daß der Hofhund mit eingekniffenem Schwanz in seine Hütte kroch. Der Kopf des Amtmanns war blutrot vor Wut, er fletschte die Zähne und seine Augen quollen vor. „Herr, haben Sie nichts Besseres zu thun, als hier zu stehen?" schrie er Tarnow ins Ohr, der mit gesenktem Kopf schweigend zurücktrat. „Haben Sie keine Bücher, haben Sie keine Abrechnungen?"

Dann ging Truchs auf das Mädchen zu, das vor Schrecken zu zittern begann. „Nun Fräulein Balg", schrie er sie an, „wollen Sie sich wohl vom Hof scheren!" Und er packte das Kind wie ein Kleidungsstück, schlug es ins Gesicht und gab ihm Stöße in die Brust, dann warf er es wie ein Scheit Holz mitten auf die Straße hinaus, wo es liegen blieb und leise zu weinen begann. Selbst der Knecht Stauff schien entsetzt. Er ging hin, sammelte die zur Erde gefallenen Fettnudeln wieder in den Korb, trug ihn zu dem Mädchen hinaus, richtete es auf und staubte, mehr aus Verlegenheit als weil es nötig war, mit der flachen Hand das Röckchen ab.

Tarnow strich sich mit der Hand über die Augen. Ruhig und bescheiden antwortete er auf Truchs Frage, wieviel Uhr es sei: „Einviertel vor acht." Der Amtmann kniff das eine Auge zu, zerrte an der Schnurrbartspitze und sah aus, als ob er sich nur mit Mühe das Lachen verbeißen könne. „Weiches Herz, was?" kicherte er und schlug Tarnow leutselig auf die Schulter. Tarnow versuchte zu lächeln.

Dann wandte sich der Amtmann zu Fanny Leuthold, die unterdes auf die Schwelle getreten war. Er rieb sich die Hände, schnalzte mit der Zunge und sagte: „Was, liebe Leutholdin, das haben wir doch wieder mal fein gemacht? Wie das Mädel flog! Ein Hui und weg war se." Er lachte und schien über alle Maßen vergnügt.

Fanny Leuthold sah ihn an, und es war ein seltsam sirenenhafter Blick, den Tarnow auffing. Er dachte bei sich: lieber Gott, sie ist ein schönes Weib.

Als er zu abend gegessen hatte, trat er wieder auf den Hof, um sich am Brunnen die Hände zu waschen. Da trat die „Schaffnerin," wie man Frau Leuthold auf dem Gut schon nannte, zu ihm heran und fragte: „Sind Sie denn traurig, Herr Tarnow?"

Ihre Stimme, so nah, machte ihn aufmerksam, doch in einer ungewohnten Weise, als lauschte er dem, was hinter der Stimme sei. Er errötete und vermochte nicht zu antworten, sie tippte mit einem Zweig, den sie in der Hand hielt an seine Ohren und flüsterte schelmisch: „Na, bin ich denn so schrecklich, daß man mir gar nicht antwortet?"

Tarnow hatte seine Fassung wieder gewonnen und entgegnete in der bescheidenen Art, die ihm stets eigen war: „O nein, ich finde sie nicht schrecklich. Ich bin immer Ihr ergebener Diener." Wieder begegnete er jenem sirenenhaften Blick, der diesmal ihm selbst galt und vor dem er die Augen niederschlug wie ein Knabe.

Als sie ihn verlassen hatte, schritt er gegen die Scheune und ließ einen leisen Pfiff ertönen. Darauf sprang der Kater vom Boden der Scheune, ging zu seinem Herrn und rieb sich schnurrend an den langen Stiefelschäften. Dann trabte er wohlgemut in gewohnter Weise hinter Tarnow her, der in tiefen Gedanken hinauswandelte in die dunkelnden Felder.

III.

Die Schaffnerin saß, mit einer Näharbeit beschäftigt, in dem großen Wohnzimmer. Es war am Nachmittag und schwer lag die Luft über dem Thal. Von den Exerzierstätten klang der dumpfe Trommelwirbel übender Tamboure herüber, und von den tiefliegenden Stromufern hörte sie das Knattern der Platzpatronen. Bisweilen hielt sie ein in ihrer Arbeit und blickte wie erwartend nach der Thüre. Wenn sie allein war, so war der Ausdruck ihres Gesichts ganz stumpf, die Augen, unleuchtend und ohne Bewegung, blickten müde und erinnerten an die eines Haustiers: und obwohl ihr Gesicht etwas Liebliches hatte und ihr Teint sehr zart war, wurde dies unwirksam durch die sonderbare Stirn, die eine Lügnerstirn war.

Als sie geraume Zeit, bald arbeitend, bald sinnend, gesessen war, wurde die Thüre aufgerissen und der Amtmann kam herein. Er setzte sich in einen Winkel, der Schaffnerin gegenüber und versuchte den Rhythmus der fernen Trommeln nachzupfeifen.

„Was giebt's?" fragte die junge Frau, indem sie einen prüfenden Blick in sein Gesicht warf.

Er lachte leise und zischend. „Jetzt willst du wohl, daß ich dich heirate, Fannychen?" sagte er plötzlich und legte sein Gesicht in kindische Falten.

„Ich? Nein, Truchs. Ich nicht. Das weißt du gut genug."

„Also suchst dir wohl einen andern zum Heiraten?"

„Warum, Truchs? es muß ja nicht geheiratet sein."

„Es muß nicht. Sehr richtig. Das war einmal vernünftig, sehr vernünftig. Ein Feldwebel findet sich ja auch nicht alle Tage und noch weniger ein Gutsverwalter, häh."

„Wieso ein Feldwebel?"

„Na, dein erster war doch Feldwebel oder sowas. Was Leutholdin?"

„Du führst so bittere Reden, Truchs. Wo willst du hinaus? Was willst von mir? Heiraten willst mich nicht. Loslassen willst mich auch nicht, also was willst du, Truchs? Sag's doch lieber gleich, daß ich mich darnach richten kann. Ich fürcht mich manchmal vor dir."

„Das ist gut, Leutholdin. Das ist gut, wenn einen die Weiber fürchten. Aber heiraten will ich dich nicht, das schwör ich dir zu. Ich will eine Reiche heiraten, jetzt, wo ich säßig geworden bin, eine aus der Gegend da. Und offen gestanden Fanny" — der Amtmann stand auf und trat ganz nahe zur Schaffnerin — „offen gestanden, ich hab dich zu gern, als das ich dich heiraten möchte. Wenn ich dir das aus freiem Willen sag, kannst du's glauben. Sakerment, wenn ich dich heirat, verlierst deine runden Backen, Fanny. Aber such dir doch einen. Wenn er gut und dumm und blind ist, kannst ihn heiraten. Ich hab nichts dagegen."

„Das sagst du jetzt, Truchs. Aber ich will's

auch. Das Leben vor den Leuten taugt mir nicht. Schließlich merken sie's ja doch. Und die sechzig Mark, die mir der Generalleutnant giebt, reichen kaum für die Kleider. Geh jetzt weg von mir, Truchs, die Leut' sehn uns ja vom Hof aus."

Das Gesicht des Amtmanns wurde finster und verzerrt. „Die Leut," preßte er mit vorgebeugtem Kopf zwischen den Zähnen hervor, „die Leut scheren mich einen Pfifferling. Hier hat jeder zu thun, was ich will! Hier bin ich Herr. Verstehst du? Steh auf und küss' mich!"

Die Schaffnerin, die voll Furcht, mit weitgeöffneten Augen, den Amtmann angestarrt hatte, erhob sich fast mechanisch und drückte einen hauchenden Kuß auf Truchs Kinn.

„Fester!" gebot der Amtmann.

Sie gehorchte.

Es klopfte an der Thür und auf den Ruf des Amtmanns trat Tarnow ein.

„Ah, guten Tag, lieber Tarnow," sagte

Truchs freundlich; er hatte den Wirtschaftsschreiber erst vor wenigen Minuten im Bureau verlassen.

„Die Libuhn geht nach der Stadt, Herr Amtmann, und fragt, ob sie von Ihnen aus etwas besorgen soll."

„Für mich, Herr Tarnow!" rief die Schaffnerin mit auffallendem Eifer. „Ich brauche Nähgarn und Stopfwolle."

„Nähgarn und Stopfwolle," murmelte Tarnow, indem er aus seinem Notizbuch ein Blatt riß. „Sonst etwas?" Tarnow öffnete die Thür, der Amtmann drehte sich um und sagte, er solle nachher wieder herein kommen und mit Kaffee trinken.

Fanny deckte den Tisch und holte die Tassen. Der Amtmann stand am Fenster und trommelte den Wirbel der Tamboure an die Scheiben. Er wandte den Kopf, um etwas zu sagen, sah aber niemand im Zimmer. Er durchschritt den Raum, um in die Küche zu gehen. Man mußte da durch den ganzen steingepflasterten Flur, bis dahin, wo er sich gegen den Hof zu erweiterte. Dort war die Küche, die sehr groß war und, weil sie eine weite Esse hatte, einer Schmiede glich. Der Amtmann blieb am Ende des schmalen Ganges stehn. Er konnte von hier aus ein kleines Stück der Küche überblicken. Die Schaffnerin saß auf dem zugedeckten Backtrog und blickte beharrlich auf ihre Schürze. Vor ihr stand Tarnow, hielt den Kopf tief gesenkt und seine Hände lagen auf dem Rücken. Der Amtmann strich mit festaneinandergedrückten Fingern ein paarmal über die Schläfenhaare und kehrte wieder um. Als ihm die Libuhn, fein herausgeputzt, begegnete, trat er zur Seite, verbeugte sich ein paarmal und näselte affektiert: „Ah, mein Fräulein, in die Stadt, wa? Verabredung mit dem Schatz, wa? Messe besuchen, hä? Haben Fräulein denn die Erlaubnis dazu?"

Das Mädchen heftete den Blick erschrocken auf Truchs. „Der Herr Tarnow —" stammelte sie scheu.

„Bataillon kehrt marsch!“ fuhr der Amtmann auf. „Dageblieben! Den Schlendrian hab ich satt.“ Er lachte bitter und ließ die heulende Magd stehen. Sie dachte an Stauff, der sie nun umsonst vor dem Cirkus erwartete. Und draußen flutete der glänzende Sonnenschein! Am Meß-Montag ist sonst immer Feiertag gewesen, dachte sie bekümmert, als sie sich in eine dunkle Ecke der Scheune verkrochen hatte, um dort nach Herzenslust weiter zu schluchzen.

Die drei im Wohnzimmer nahmen am Kaffeetisch Platz. Nach einem langen und seltsamen Schweigen, das nur durch Tassengeklapper unterbrochen wurde, wandte sich der Amtmann an Tarnow. „Nun sagen Sie mal, mein lieber Tarnow,“ begann er mit freundlichem Augenzwinkern und richtete den Zeigefinger wie einen Pfeil gegen seine Nasenspitze, „Sie sind doch so ein hübscher Mensch und jung sind sie auch, kaum dreißig, und ein angenehmes, sanftes Wesen haben Sie, — gewiß, gewiß —! nun sagen Sie, waren Sie denn noch nicht verliebt?"

Tarnow errötete und schüttelte lächelnd den Kopf.

„Nein, sagt er! Haben Sie's gehört, Fanny? Nein, sagt er! rief der Amtmann, ganz außer Rand und Band vor Freude und stieß die Schaffnerin in die Seite. „Er lügt, er muß lügen," fuhr er heftig gestikulierend fort. „Er ist ein Heuchler, ein Windhund. Ein Schuft ist er, weil er lügt."

Tarnow sah den Amtmann fest und erwartungsvoll an. Er hatte ein Gefühl wie vor einer ungreifbaren Gestalt, die sich windet wie ein Rauch und in Nichts verfließt, wenn man die Arme nach ihr streckt.

„Wollen Sie nicht noch eine Semmelschnitte, Herr Tarnow?" fragte Truchs zuvorkommend. „Oder mit ein wenig Mus darauf? Nicht? Zum Teufel, Herr, fressen Sie! Glauben Sie, wenn Sie jeden Tag dürrer werden, nützt mir Ihre Arbeit was?"

„Ich habe keinen Hunger mehr, Herr Amtmann,“ entgegnete Tarnow mit vollkommener Ruhe.

„Hunger mehr, was heißt das? Wenn ich sage, fressen Sie, dann fressen Sie! Verstanden? Stehen Sie auf, wenn ich mit Ihnen rede.“

Tarnow stand auf.

„Schließen Sie das Fenster,“ befahl Truchs.

Tarnow schloß das Fenster.

„Öffnen Sie es wieder!“ befahl er und stieß die Schaffnerin von neuem in die Seite.

Tarnow öffnete es wieder. Er that es still und wie selbstverständlich. Nichts von Erbitterung war auf seinen Mienen zu lesen, nichts von zurückgehaltenem Zorn. Geduldig wartete er, was der Amtmann noch mit ihm beginnen würde.

„Jetzt können Sie gehen,“ sagte Truchs und stützte den Kopf in die Hand, während Tarnow mit einer linkischen Verbeugung, die der Schaffnerin galt, hinaus ging. Er nahm seinen Hut und verließ alsbald den Hof, um die Richtung nach der Stadt einzuschlagen. Soldaten mit frischgewaschenen Drillichröcken blickten von den Stockwerken der Kaserne auf ihn herab, und als er die Fahrstraße erreicht hatte, geriet er in ein Gewimmel von Menschen, das immer größer wurde, je mehr er sich der inneren Stadt näherte. Den Main hinab fuhren Boote, beglänzt von der sich rötenden Sonnenscheibe; die vergoldete Domuhr brannte förmlich im Feuer. Flatternde Fahnen über den Wirtschaftsgärten, quietschende Tanzmusik aus winkeligen Gassen, und dann das sinnlose Gedränge auf den Budenstätten! Tarnow vermied die dichtesten Massen und besah nur, was er eben besehen konnte, ohne viel Neugierde zu zeigen, aber auch ohne Gleichgültigkeit, alles mit dem inneren Frieden und der merkwürdigen Sanftheit, die ihm eigen waren. Vor dem Brettertisch des schreienden Ausrufers, der seine Waren unter staunenswürdigen Witzen und Wortspielen anpries, konnte er lachen wie das harmlose Kind neben ihm. Bei den Mordthaten, die, serienweise abgebildet, am Quai aufgestellt waren und mit Hilfe von sehr weinerlichen Reimen kommentiert wurden, blieb er ebenso schaudernd stehen wie der simple Rekrut aus Unterdürrbach. Besonders eines dieser Ungeheuer erregte sein Entsetzen. Auf der Tafel seiner Schandthaten war zu lesen: Martin Jung, genannt Blutmartin. Ein Teufel in Menschengestalt! Erschlug seine Opfer, siebzehn an der Zahl, mit einer spitzen Hacke und hängte sie dann mit einem Strick auf.

Die Sonne war untergegangen. Allmählich hatte sich die Menge verlaufen. Die Bretterhütten, alle Häuser und Gärten schwammen in einem warmen Dämmerungsdunst, als Tarnow sich anschickte, den Heimweg anzutreten. Er hatte nichts getrunken während der ganzen Zeit, weder Wein noch Bier, denn er war ein sehr enthaltsamer Mensch. Als die Buden schon hinter ihm lagen und er auf dem ansteigenden Weg zur neuen Mainbrücke war, sah er aus einer seitlich gelegenen Gasse Fanny Leuthold kommen.

Sie ging ohne weiteres auf ihn zu. „Truchs ist im goldenen Hahn," sagte sie, „und ich wollte heim. Sie gehen doch mit, Tarnow?"

Als sie über die Wiesen gingen, auf denen weit und breit kein Mensch zu sehen war, fing die Schaffnerin an, schwärmerische Reden über die Schönheit der Natur zu führen. Sie sagte, sie liebe die Natur und die Natur sei das „einzige". Tarnow solle doch nur diese Wolken dort hinten ansehen. Das sei so poetisch. „Finden Sie nicht auch, Tarnow?"

Tarnow bejahte etwas verständnislos.

Ob er sich das Wachsfigurenkabinett angesehen habe? Sie finde es so interessant. Sie liebe überhaupt die grausigen Sachen; sie träume dann immer davon. Oft müsse sie dann weinen, aber wenn sie dann erwache, das sei wunderbar. Man recke dann die Glieder — so! — und das Deckbett sei einem zu schwer, ja selbst das Hemd. Ob er das nicht auch habe?

„Nein," erwiderte Tarnow leise, mit klopfendem Herzen.

Als sie auf dem Gutshof angelangt waren, ging die Schaffnerin ins Haus, um den Hut abzulegen. Tarnow betrat den Garten, schlenderte träumerisch zwischen den Beeten umher und setzte sich schließlich in die Laube. Es war schon dunkel geworden. Der blühende Hollunder strömte seinen schwülen Duft aus, und auf den Bäumen der Nähe pfiff ein verspäteter Wasservogel. Sonst war es ruhig. Der Himmel war vollkommen wolkenlos. Die traumhaft klare Helle des Westens machte deutliche Silhouetten aus den Hügelreihen und kein Lüftchen bewegte die Gesträucher. Tarnow fühlte sich ermüdet, aber darin war etwas Angenehmes. Er fühlte es auch gleichsam wie eine freundliche Berührung, als der Mond heraufstieg, das gutmütig grinsende Gesicht eines alten Schlaukopfs, und wie er höher glitt, als würde er an einer Schnur gezogen, und wie er immer leuchtender dastand, als würde er von einer unsichtbaren Hand allmählich blank poliert.

Tarnow schreckte zusammen, als er Schritte im Garten vernahm. Es war die Schaffnerin. Sie setzte sich ihm gegenüber und schwieg einige Zeit. Dann seufzte sie schwer und sagte: „Ach, Tarnow!“

Tarnow antwortete nichts. Befangen hob er den Kopf, senkte ihn aber gleich wieder. Da erhob sich die Schaffnerin mit einer leidenschaftlichen Bewegung, die er im Dunkel nur undeutlich sah; sie umging den Tisch, setzte sich an Tarnows Seite, ergriff mit beiden Händen seine Hand, und es schien ihm, als ob sie damit kämpfe, ihr Schluchzen zu verbergen. Fast unbewußt streichelte Tarnow ihre Hand.

„Ach, wenn Sie wüßten,“ begann die Schaffnerin wieder. „Ich bin ja die unglücklichste von allen. Er quält mich beständig, der Amtmann, jeden Tag, jeden Tag! und wenn es so weitergeht, ich kann es nicht mehr aushalten.

Dann muß ich eine schlechte Person werden. Dann muß ich thun was er verlangt von mir, nur damit ich eine Ruh hab'. Retten Sie mich, Tarnow. Thun Sie wenigstens eins. Gehn Sie abends nach dem Essen nie aus dem Zimmer, bevor ich nicht weggegangen bin. Damit er mir nur da meinen Frieden läßt. Bleiben Sie immer, bis ich ins Bett bin. Wollen Sie's thun, Tarnow, von heut an?"

„Ich will es thun," sagte Tarnow feierlich, und die Schaffnerin sah seine Augen leuchten.

„Und denken Sie nie was Schlimmes, Tarnow, denken Sie nicht schlecht von mir. Alles ist zum besten, was geschieht. Wollen Sie's thun, Tarnow?"

„Ja, ich will," wiederholte Tarnow fest und atmete tief auf.

„Und jetzt gehen wir hinein, sonst kommt er unversehens."

Tarnow beugte sich rasch herab und küßte die Finger der jungen Frau. Aber gleich darauf erschien ihm diese Kühnheit so unverzeihlich, daß er angstvoll in das Gesicht der Schaffnerin starrte. Aber sie, die inzwischen herausgetreten war in den überaus hellen Mondschein, lächelte nur und brach eine Rosenknospe. Dann gingen sie ins Haus.

Nach einer halben Stunde kam der Amtmann. Er sagte, er hätte schon gegessen. Er schien viel getrunken zu haben, denn er war in einer gerührten Stimmung. „Alle Menschen sind Trottel," sagte er mit einer schwammigen Stimme. „Aber einige Menschen sind nette Trottel. Sie, Tarnow, Sie sind ein netter Trottel."

Die Schaffnerin lachte hellauf. Truchs kicherte förmlich atemlos in sich hinein. Als es zehn Uhr schlug, sagte die Schaffnerin gute Nacht. Der Amtmann rief ihr nach: „Schließen Sie fein Ihr Zimmer zu, Leutholdin!" und lachte cynisch. Tarnow erhob sich wie gequält, trat ans Fenster, verließ aber nach kurzer Zeit ebenfalls die Stube. Der Amtmann schüttelte ihm die Hand mit einer Herzlichkeit, die beängstigend war bei ihm.

Tarnow wandelte wieder in den Garten hinaus, — durch den Hof, wo eine wahrhaft köstliche Ruhe ausgebreitet war. Er brach eine Rose von demselben Strauch, von dem die Schaffnerin genommen. Es war auch eine Knospe, zart und duftig und Tarnow drückte sie voll Bedacht an seine Lippen. Dann setzte er sich in die Laube; aber er hatte nicht Ruhe, sondern ging bald wieder ins Haus zurück. Gerade wie er in den Flur trat, sah er den Amtmann aus seinem Schlafzimmer kommen. Er hatte Pantoffeln an den Füßen, die seinen Schritt unhörbar machten. Er trällerte leise vor sich hin, und ohne Tarnow gewahrt zu haben, tappte er den engen Flur entlang, bis er zu der Thüre kam, die in das Zimmer der Schaffnerin führte. Ohne zu atmen, harrte Tarnow, was er nun beginnen würde. Aber der Amtmann besann sich kaum, drückte auf die

Klinke und betrat das Zimmer. Totenbleich geworden, wartete Tarnow immer noch. Er glaubte, Lärm hören zu müssen. Ja, er hoffte auf Geschrei, auf erregten Wortwechsel, — aber alles blieb still wie vorher.

Nachdem er lange genug gelauscht hatte, drehte sich Tarnow um und trat unter die Hausthür. Sein Blick war wie verhängt. Mechanisch ging er hinaus, um zu sehen, ob das Außenthor geschlossen sei. Von der Richtung der Kaserne hallte ein langgezogener Ruf durch die Nacht. Es klang ähnlich wie: Fedolar! Fedolar! Sonst war kein Laut zu hören.

IV.

Tarnow hatte dem Jäger Klein Auftrag wegen der Abholzung im Zeller Revier gegeben und stand dann, wie unfähig, weiter zu gehen, am Brunnen, lehnte sich an den Trog und starrte vor sich hin. Da trat die Schaffnerin aus dem Hause und ging auf ihn zu. Sie tippte mit den Fingern kokett auf seinen Arm und fragte: „So finster, Tarnow? Was haben Sie? Was ist Ihnen?“

„Sie wissen es wohl, Schaffnerin,“ entgegnete Tarnow traurig. „Was haben Sie mir da alles erzählt!“

„Was? Was denn? Reden Sie doch!“

„Nun, gestern abend —“

„Was? Ja, was denn, gestern abend —?“

„Ich hab es ja gesehen, Schaffnerin. Der Amtmann —“

Die Schaffnerin wurde purpurrot. Ihre Nasenflügel zitterten. „Reden Sie nicht weiter,“ flüsterte sie erregt. Sie sah ihn starr an, mit einem Blick, der ihm etwas Unerbittliches zu enthalten schien. „Sehen Sie, Tarnow, wenn ich nicht so wäre, wie ich bin, wär ich längst über alle Berge oder wär ich tot. Das müssen Sie mir glauben. Ich weiß, er war bei mir gestern,

Tarnow, aber Sie hätten mich sehen sollen, Tarnow. Wie ein Kind hab ich geheult und hab ihm gesagt, was das ist für meine Ehre, wenn er so kommt. Aber dann hat er gelacht und hat gesagt, er kann im Haus herumgehen, wo er will. Sonst war nichts, bei meiner Ehr und Seligkeit, hier haben Sie die Hand drauf."

Tarnow, gänzlich erschüttert von ihrem Bekenntnis und ihrer bebenden Art zu sprechen, legte unbedenklich seine Hand in die ihre. „Ich glaube Ihnen, Schaffnerin," sagte er einfach.

Indem sie so bei einander standen, hielt ein eleganter Kutschierwagen vor dem Hofthor. Die am Bau der Waschküche beschäftigten Maurer hielten in ihrer Arbeit inne und sahen neugierig hinüber. Der Adjutant des Generalleutnants kam zur Besichtigung des kleinen Neubaus. Tarnow führte ihn ehrerbietig herein und erstattete Bericht, bis der Amtmann selbst kam. Als Truchs erschien, stand er mit der Schaffnerin in respektvoller Entfernung, doch vernahm er deutlich, wie der Adjutant dem Amtmann erzählte, die Verwalterstelle auf Gut Strelentin, das ebenfalls dem Herrn von Bruneck gehörte, sei frei geworden. Ein Gedanke, dessen Kühnheit ihn schwindeln machte, durchzuckte Tarnow. Aber es war, als ob er seinen Bedenken und seiner Zaghaftigkeit diesmal die Zeit rauben wollte; rasch trat er einige Schritte vor und sagte: „Verzeihung, Herr Adjutant; ich möchte wohl gerne Administrator auf Strelentin werden. Ich würde gewiß mich sehr befleißigen, Exzellenz zufrieden zu stellen. Ich bitte den Herrn Adjutanten sehr, sich dafür zu verwenden."

Der Adjutant runzelte die Brauen und musterte den Bittsteller vom Kopf bis zu den Füßen. Der Amtmann verzog keine Miene. Tarnow verwunderte sich im stillen, daß er die Worte so verständlich hatte fügen können, und achtete dabei kaum auf die Antwort, an die er sich erst erinnerte, als der Adjutant sich wieder zu seinem Wagen gewandt hatte. „Wir werden ja sehen," hatte er gesagt und hatte Truchs fragend angeblickt, der in unbestimmter Weise die Achseln gezuckt hatte.

Der Amtmann, die Schaffnerin und Tarnow standen dann auf der Straße und sahen dem zierlichen Gefährt nach. „Na, Tarnow," wandte sich da die Schaffnerin scherzend an ihn, „Sie wollen wohl heiraten, weil Sie so große Pläne haben?"

„O, das kann wohl sein," antwortete Tarnow ebenso scherzend.

„Und haben Sie denn schon eine Braut?" fragte die Schaffnerin lächelnd weiter.

„Sie sind ja noch zu haben, Schaffnerin," erwiederte Tarnow lebhaft, dem über dieser neuen Kühnheit das Herz stürmisch zu klopfen begann.

Bei alledem blieb der Amtmann still und teilnahmlos.

Zu seiner großen Verwunderung erhielt Tarnow eine Stunde später ein Billet vom

Amtmann. Er wußte noch nicht, daß es eine Liebhaberei von Truchs war, solche kleine Nachrichten nicht mündlich abzumachen, sondern zu schreiben. „Es ist nunmehr ausgemacht," schrieb der Amtmann in einem wohlgefällig verschnörkelten Stil, „daß Sie ein Liebesverständnis mit der Leuthold haben. Daher verlange ich und habe das Recht zu verlangen eine bestimmte Erklärung, ob Sie die Leuthold heiraten wollen oder nicht. Im ersten Fall will ich, Truchs, mich für Sie und die Leuthold bei der Excellenz verwenden. Im entgegengesetzten Fall müssen Sie entweder oder es muß die Schaffnerin das Gut verlassen. Truchs."

Tarnow wußte nicht, wie ihm geschah. Er lachte kindisch, glaubte zu träumen und besann sich, wo er sei. Endlich nahm er einen großen, weißen Bogen Papier und schrieb darauf mit der schönsten Schrift, deren seine Hand fähig war: „Geehrtester Herr Amtmann! Meine Gefühle zu der Leuthold sollen dem Herrn Amtmann kein Geheimnis sein. Ich wünsche sehr, die Schaffnerin zu heiraten und zwar noch in Bruneck. Und ist es mein heißester Wunsch, mit ihr nach Strelentin zu kommen."

Dieses Schriftstück legte er auf den Platz, wo der Amtmann seine Arbeiten vorzunehmen pflegte, und wo er es sogleich sehen mußte, wenn er kam. Und Truchs kam, las es, und obwohl er jetzt in demselben Raum mit Tarnow war, schrieb er auf das Blatt Tarnows die Worte: „Gut, ich werde dem Generalleutnant Anzeige machen und ihm alles von der besten Seite vorstellen," und reichte Tarnow stumm das Blatt zurück.

Darauf ging Tarnow hinaus, weil die Libuhn zum Mittagessen rief. Er fand die Schaffnerin allein beim Tisch. Und jetzt, wie er sie sah in einer blendend weißen Schürze, dem schöngeformten Hals, dem etwas geöffneten und feuchten Mund, jetzt glaubte er, sein unverdientes Glück fürchten zu müssen. Trotzdem ging er hin und ergriff

Fanny Leutholds Hand. „Schaffnerin," sagte er bewegt und seine treuen Augen glänzten trunken, „ich habe beim Amtmann um Ihre Hand angehalten."

„Nun, und?" erwiderte sie, ohne überrascht zu sein.

„Er ist doch ein generöser Mann. Er will sich für uns beide verwenden, daß wir Strelentin bekommen."

„So?" machte die Schaffnerin.

Jetzt erst bemerkte Tarnow, daß sie ungewöhnlich bleich war, und er fragte, was ihr fehle.

„Nennen Sie mich nicht Schaffnerin," sagte sie mit müder Betonung. „Sagen Sie Fanny zu mir."

Tarnow nickte und schwieg.

Der Amtmann trat ein und sein Gesicht zuckte kaum merklich zusammen, als er die beiden am Tisch sah. Doch als er sich setzte und begonnen hatte, die Suppe zu essen, wurde er plötzlich sehr aufgeräumt. „Also, ihr Brautleutchen", sagte er lachend, „jetzt küßt euch einmal anständig."

Tarnow gab es einen Ruck vom Kopf bis zu den Knien. Der Löffel entfiel seiner Hand.

„Na wird's?" ermunterte der Amtmann freundlich und klopfte ungeduldig an sein Trinkglas.

Die Schaffnerin beugte sich hinüber zu Tarnow. Er sah ihr Gesicht unter sich mit halbgeschlossenen Augen und ihren Mund immer noch ein wenig geöffnet. Er seufzte auf, schloß seine Augen, ließ das Kinn gegen die Brust sinken und in demselben Augenblick fühlte er ihre Lippen auf den seinen, und er schauderte, als ob er nackten Leibes im Eis stünde.

Der Amtmann bog sich vor Lachen. Dann sagte er, ein Stück Brot abbeißend und emsig kauend: „Kinderchen, wenn ihr's redlich meint unter euch, werde ich schon sorgen, daß euch die Excellenz Brot giebt und daß ihr euch noch in Bruneck nehmen könnt. Ja, der Tarnow," fuhr er dann fort, das eine Auge zuzwickend, „der hat's dick hinter den Ohren, wa? Ein Schuftkerl, hä!" Er stand auf, nahm das Kinn Tarnows zwischen Daumen und Zeigefinger, schob es zurück, und mit dem fröhlichsten Gesicht der Welt gab er ihm nun einen Schlag auf die Wangen. Jetzt lachte auch Tarnow, aber etwas sonderbar.

Jedoch blieb die Stimmung bis zum Ende der Mahlzeit eine scherzhafte. Nach dem Fleisch stand Tarnow auf und sagte, er wolle etwas holen. Mit freudigem Gesicht kam er zurück und brachte Krachmandeln, die er auf der Messe gekauft. Truchs machte sich emsig darüber her. „Wie ist's, Leutholdin, wollen wir Vielliebchen essen?" fragte er.

Die Schaffnerin schüttelte den Kopf.

„Warum denn nicht?" fragte der Amtmann und verzog den Mund.

„Ich will mit dem Tarnow Vielliebchen essen," sagte die Schaffnerin.

„Da sehen Sie, Tarnow, was Sie voraus

haben vor mir," scherzte der Amtmann und hörte auf zu essen. Gleich darauf erhob er sich und verließ den Raum. Sein eignes Arbeitszimmer lag über dem Wohnzimmer und die beiden vernahmen jetzt ein beunruhigendes Gepolter und Geklirr über der Decke. Tarnow sah die Miresin auf dem Hofe stehen und ängstlich in die Höhe deuten. Da stand auch Tarnow auf und folgte dem Amtmann.

Als er oben in die Stube trat, sah er den Amtmann mit blutenden Händen umherrasen. Er hatte die Fensterscheiben mit der Faust eingeschlagen. Er stürzte nun auf Tarnow zu und stieß ihn mit voller Kraft vor die Brust, daß Tarnow taumelte und rückwärts zur Erde fiel. Tarnow raffte sich wieder auf, um still fortzugehen. Aber der Amtmann ergriff ihn, stieß ihn aus der Stube, durch den Vorplatz, über die Treppe hinab bis in sein Schlafzimmer. Sein Gesicht war scharlachrot geworden, Schaum stand vor seinem Munde und er ächzte: „Gehen Sie zum Teufel, zu Ihrer Braut, zu Ihrer ..... Nehmen Sie Ihre Bücher und bleiben Sie in Ihrem Loch, aber kommen Sie nicht mehr in meine Zimmer."

Tarnow verhielt sich ruhig und erwiderte keine Silbe. Im Wohnzimmer fand er die Schaffnerin nicht mehr. Auch im Hofe war sie nicht, auch im Garten nicht. Während der Nachmittagsstunden hatte er Briefe zu schreiben, und er that seine Arbeit mit derselben Genauigkeit wie immer. Es war still im Hause. Die Leute waren auf den Feldern und es war drückend heiß. Der Bau der Waschküche war schon ziemlich weit vorgeschritten. Die Hühner hockten schläfrig im Sand, der warme Geruch aus den Ställen durchdrang auch das ganze Haus.

Als Feierabend kam und die Sonne rasch gegen Westen sank, saß Tarnow in seinem eigenen Zimmer und las in einem alten Geschichtenbuch, das er noch von seiner Mutter hatte. Plötzlich trat der Amtmann ein, den er den ganzen Nachmittag hindurch nicht gesehen hatte.

„Guten Abend,“ sagte der Amtmann rauh und zog einen Stuhl herbei. Seine Stirn war gefurcht, seine Augen loderten bisweilen auf; im ganzen war etwas Zerschlagenes in seinem Wesen.

Tarnow erwiderte den Gruß.

Der Amtmann schwieg lange. Er starrte unbeweglich vor sich hin. „Nun, mein lieber Tarnow,“ sagte er endlich, „wollen Sie denn wirklich die Leutholdin heiraten? Sie dürfen ganz offen mit mir reden. Aber ich komme jetzt daherein zu Ihnen wie ein guter Freund. Passen Sie auf, sie hat ja eine ganz hübsche Fratze, das läßt sich nicht leugnen. Aber sie hat keine Bildung, sie hat keine Erziehung, sie hat kein Vermögen. Na, sind das nicht große Fehler in Ihren Augen? Mein Gott, sie kann ja nähen und flicken und kochen und sie hat ein ganz gutes

Herz, aber da giebt's viele. Haben Sie sich denn das nu genau überlegt?"

Tarnow blickte furchtsam auf die Lippen des Amtmanns. Jedes neue Wort vermehrte diese unbestimmte Furcht. Als Truchs schwieg und ihn forschend ansah, sagte er leise: „Ich hätte ja nie daran gedacht, wenn der Herr Amtmann nicht selbst —. Ich habe keine Stellung. So lange ich kein Brot für meine Frau habe, kann ich nicht heiraten."

Jetzt wurde der Amtmann auf einmal ganz heiter. Er stand auf, klopfte Tarnow auf die Schulter und sagte: „Ein guter Kerl sind Sie, Tarnow, ein verflucht guter Bursche. Heute müssen wir zusammen anstoßen beim Trinken!" Und kameradschaftlich zurückwinkend verließ er die Stube.

Die Essenszeit kam, aber Tarnow hatte heute nicht Lust zu essen. Er versuchte sich zwar einzureden, daß er Hunger habe, aber seine Gedanken irrten bald wieder zu ganz anderen

Dingen und fesselten ihn an seinen Platz. Als er später hinunterging, war es schon dunkel geworden. Niemand hatte nach ihm gerufen. In einem Winkel des Hofes sah er auf übereinandergeschichteten Backsteinen Stauff und die Libuhn sitzen, engumschlungen. Sie küßten sich, er konnte es sehen, seine Augen schienen ihm doppelt so scharf als sonst. Die beiden achteten auf nichts was rings um sie vorging. Tarnow wurde die Kehle trocken; er ging hin zum Brunnen und schlürfte Wasser. Dann rief er seinen Kater und als er den Hof verließ, hatte der Kuß des Stauff und der Libuhn sein Ende noch immer nicht erreicht.

Die Sonne war in Dünsten untergegangen; schlechtes Wetter stand bevor. Ein kühler Nachtwind strich über das Thal. Tarnow glaubte den Fluß lauter rauschen zu hören als sonst. Scharf und durchdringend gellten die Pfiffe der Maschinen vom Bahnhof, Schwalben flogen dicht über dem Wasserspiegel und das Gebimmel einer Kapelle stimmte ihn ganz elegisch. Der Kater quietschte bisweilen oder blieb stehen und fixierte mit flammenden Augen einen Nachtvogel.

Als der Zapfenstreich lang und melodisch über die Wiesen hallte, kehrte Tarnow zurück. Er suchte sofort sein Zimmer auf, aber eine peinigende Unruhe überfiel ihn zu gleicher Zeit. Er entledigte sich der schweren Stiefel und ging in Strümpfen auf und ab. Hierauf öffnete er die Thüre, lauschte hinaus, lehnte sie dann, als er keinen Laut vernahm, wieder vorsichtig an, ohne sie ins Schloß fallen zu lassen. Da der Wind draußen an Stärke zunahm und ein Zug entstand, schloß er das Fenster und setzte seine Wanderung im Dunkeln fort. Alles im Hause schien zu schlafen.

Aber als es zehn Uhr geschlagen hatte (man konnte deutlich die Turmuhren von der Stadt hören), wurde ein knarrendes Geräusch, wie wenn eine Thüre geöffnet wird, im Flur laut. Tarnow wußte, es war vom Schlafzimmer des

Amtmanns, das dem seinen schräg gegenüber lag. Als das Knarren zum zweitenmal, durch das Schließen der Thüre vernehmlich wurde, schlich Tarnow hinaus in den Gang. Zehn Schritte vor ihm ging der Amtmann. Er schien nicht besorgt, seine Schritte zu dämpfen, sondern trat mit der ganzen Sohle auf. Seine Füße waren nackt; das Fleisch leuchtete durch die Dunkelheit.

Der Amtmann betrat das Zimmer der Schaffnerin, das unverschlossen gewesen war. Und als er die Thüre wieder hinter sich geschlossen hatte, hörte Tarnow auch nicht, daß er den Riegel vorschob oder das Schloß umdrehte.

Nun ist er also drin, dachte Tarnow mit einem Herzen, das ihm schwer war von Bekümmertheit. Und er wartete wieder wie damals auf streitende Stimmen und auf Geschrei, nur wartete er diesmal mit vielmehr Zuversicht darauf.

Aber es blieb alles still. Nein, ich begreife das nicht, dachte Tarnow jetzt und schlich an der Thür der Schaffnerin vorbei, hockte sich einige Schritte davon auf die Fließen des Flurs und beschloß zu warten. Alles war finster um ihn. Er konnte nicht die Mauer sehen und nichts außerdem. Nur gleichsam in weiter Ferne fiel das Licht der Nacht durch das Glasfenster über den Hauseingang.

Einen Augenblick dachte Tarnow daran, hineinzugehen, aber diese Vorstellung versetzte ihn in einen tötlichen Schrecken. Quälende Bilder sah er, quälender wie die eines bösen Traums. Er hatte Durst; die Finsternis flimmerte vor seinen Augen, hämmerte vor seinen Ohren und die Nacht schritt vor um manche Viertelstunde. Es wäre ihm gleich gewesen, wenn der Amtmann mit einem Licht herausgekommen wäre und ihn gesehen hätte.

Endlich, nach wie langer Zeit konnte er nicht schätzen, kam Truchs wieder heraus. Er schloß die Thür ziemlich heftig und murmelte auf ein Pst von drinnen etwas in den Bart. Er wankte schläfrig den Flur entlang. Bald war wieder alles ruhig.

Auch Tarnow erhob sich nun. In seinem Zimmer warf er sich auf Bett und die Thränen flossen ihm zu den Wangen herunter.

V.

Es kamen Fuhrleute von Strelentin, die Balkenholz für den Neubau brachten; denn Strelentin war von Wald umgeben und Zimmerleute waren dort fortwährend beschäftigt. Tarnow stand hinter den Wagen und notierte. Als er damit fertig war, wischte er sich den Schweiß von der Stirn, trotzdem es heute weder heiß, noch die Arbeit da sehr anstrengend war. Er schaute dann ermüdet auf die Chaussee hinüber, die auf dem jenseitigen Stromufer lag, als ihn die Schaffnerin rief.

Sie wandte sich um, da er ihr langsam nahte und fast mechanisch folgte er ihr in die Küche. Dort stand er vor ihr, kreideweiß im Gesicht. „Was haben Sie heute Tarnow?“ fragte sie mit dumpfer Stimme.

„Warum fragen Sie mich, Fanny?“ entgegnete Tarnow und sah sie fremd an. „Sie wissen es doch selbst! Sie wissen doch selbst, was geschehen ist und daß er stundenlang bei Ihnen war.“

„Ach Tarnow!“ rief die Schaffnerin aus und schloß hastig die Thüre. „Kann man unglücklicher sein als ich? Was soll ich thun, wenn er kommt und wenn er sagt, er schlägt mich, wenn ich mich rühre?“

„Ach, Schaffnerin,“ unterbrach sie Tarnow leise und kopfschüttelnd, „sagen Sie das nicht. Können Sie nicht zusperren? Und kein Laut war, Fanny, kein Laut war in Ihrem Zimmer.“

„Zusperren!“ rief die Schaffnerin aus und schlug stürmisch die Hände zusammen. „Er thäte die Thür zerbrechen in seiner Wut und mich dazu. Und kein Laut war, — ja freilich kein Laut“, fügte sie bitter hinzu, „weil ich stumm war wie ein Fisch, weil ich ihn angespieen hab, Tarnow, wie er mir zu nahe kam. Da blieb er sitzen und sitzen, bis es ihm zu dumm worden ist. Da haben Sie's, Tarnow. Ach wär ich doch tot, wär ich doch tot!“

Sie setzte sich auf den Backtrog und schlug die Hände vors Gesicht.

Tarnow empfand ein tiefes Mitleiden. Er ging und streichelte ihr übers Haar. „Ich glaub's Ihnen ja, Fanny,“ sagte er gütig. „Seien Sie doch ruhig. Fassen Sie sich, Fanny. Es muß ja ein Ende nehmen, es muß ja, sonst, — ich weiß nicht.“

Die Schaffnerin erhob sich und schlang ihre Arme um seinen Hals und sah ihm mit glühenden Blicken in die Augen. „Jetzt gehn Sie nur, Tarnow,“ sagte sie dann, indem sie sich zum Herd wandte und im Suppentopf rührte. „Es wird schon werden." Und sie lächelte über die Schulter zurück ihm zu.

„Ja, ich gehe," sagte Tarnow, betroffen von diesem Lächeln. „Ich gehe zum Amtmann und rede mit ihm."

Er wartete auf ihre Antwort, aber sie rührte schweigend ihre Suppe weiter, ohne daß er ihr Gesicht sehen konnte.

Der Amtmann war in der Schreibstube. Entschlossen trat Tarnow dicht vor ihn hin und sah ihm fest in die Augen, die seinem Blick entglitten. „Herr Amtmann," sagte er in einer bestimmten Weise, in der jedoch immer das Beschwichtigende seines Wesens verborgen war, „ich komme nur, um Sie zu bitten, daß Sie doch endlich Ihre nächtlichen Besuche bei der Leuthold einstellen. Daß das nicht sein darf, um keinen Preis, müssen Sie ja einsehen, Herr Amtmann."

Der Amtmann nickte ihm, während er sprach, emsig und ermunternd zu. „Recht so, Tarnow," sagte er dann, indem er mit der Faust auf das Pult schlug, „das war einmal ein Wort! Recht so, Tarnow, das darf nicht sein, um keinen Preis. Mein heiliges Ehrenwort, Tarnow, es soll nimmer vorkommen. Verkrummen und verlahmen will ich an Händen und Füßen und blind dazu will ich werden, wenn es noch einmal vorkommt, Tarnow. Hier, Tarnow, meine Hand, Sie sind ein ehrenwerter Kerl."

Tarnow, der einen entsetzlichen Wutausbruch erwartet hatte, stand wie betäubt. Aber schließlich faßte er sich und blickte unschlüssig vor sich hin. „Ich bin dem Herrn Amtmann ja sehr dankbar," sagte er. „Aber es muß doch etwas anderes sein, wodurch die Schaffnerin sicher gestellt wird."

„Natürlich, natürlich," pflichtete der Amtmann eifrig bei und ging aufgeregt in der Stube auf und ab. „Also lieber Tarnow, dann machen wir's so. Wir gehen abends alle drei zu gleicher Zeit ins Bett, nicht? Schön. Ferner soll und muß sich die Leutholdin in ihrer Stube einschließen. Einverstanden? Schön. Aber damit auch Sie mir keine Dummheiten machen, lieber Tarnow, verlange ich, daß bei Ihnen in der Stube der Jäger Klein schläft, der von morgen ab von Strelentin ganz herüber kommt. Er kann sein Bett dort aufschlagen. Einverstanden? Schön, jetzt sind wir wieder die besten Freunde, wa?"

An demselben Mittag veranlaßte der Amtmann die Schaffnerin, sich mit Tarnow zu dutzen und erklärte sie für Brautleute. Er holte das Schreibzeug und Papier und schrieb eine Erklärung nieder, daß Tarnow die Schaffnerin heiraten wolle, wenn er Strelentin bekäme. Tarnow unterschrieb, und er faßte wirklich Hoffnungen für die Zukunft. „Ich gehe heute gegen Abend in die Stadt," sagte der Amtmann, „weil ich zur Exzellenz muß. Ich werde dann schon für euch sprechen, Kinder."

Zu alldem blickte die Schaffnerin gleichgültig auf ihren Teller nieder. Als der Amtmann hinaus war, lachte sie.

„Warum das Lachen?“ fragte Tarnow verlegen, der auf solch plumpe Art das du vermied.

Sie lachte noch mehr und schüttelte dann leise den Kopf, als ob sie etwas nicht begreifen könne. Tarnow ging an seine Arbeit, die ihm diesen Nachmittag flink von statten geriet. Der Amtmann war wirklich in die Stadt gegangen und als Tarnow fertig war, wanderte er zwischen den Gartenbeeten auf und nieder. Aus diesem Ungestörtsein riß ihn erst der Jäger, der von Strelentin kam. Sogleich begann er, Tarnow zu erzählen, daß ein neuer Verwalter auf Strelentin angekommen sei, ein ehemaliger Student aus Berlin. Er habe gleich seine Frau mitgebracht.

Es war Tarnow, als ob ihm die Beine plötzlich abgehauen würden. Ein konvulsivisches Zittern überlief ihn und zog ihm die Haut zusammen. Aber trotzdem faßte er sich schnell, und er fühlte etwas wie Scham wegen seiner Erregung. Beinahe gleichzeitig kam auch Truchs aus der Stadt zurück und rief Tarnow zum Tisch. „Also Kinderchen," sagte er, lustig mit den Augen blinzelnd, „es geht alles aufs beste. Die Exzellenz will sich die Sache überlegen, und es ist sehr wahrscheinlich, daß ihr nach Strelentin kommt."

Tarnow erhob sich unwillkürlich und blickte den Amtmann vorwurfsvoll an. Truchs merkte sofort, woran er war. Er verschränkte die Arme über der Brust und schwieg trotzig still. Seine funkelnden Augen waren auf Tarnow gerichtet. Er zog ein Blatt Papier aus der Tasche, entfaltete es und reichte es Tarnow hinüber. Tarnow las die vom Amtmann geschriebene Erklärung wegen der Heirat, unter die er in freudigen Zügen seinen Namen gesetzt hatte. Er begriff nicht, was der Amtmann meinte und mit fragendem Blick gab er das Blatt zurück. Truchs lächelte mit einem finsteren Lächeln, strich einige Male zärtlich über das Papier und riß es dann mitten durch.

Tarnow senkte den Kopf.

Eine Viertelstunde später ging er auf die Vorwerke hinaus, wo trotz der abendlichen Stunde etwas nachzusehen war. Er ging und wußte nicht, daß er ging. Tausend zerfließende Gedanken durchkreuzten seinen Kopf. Eine allgemeine Angst erfaßte ihn, und einige Male blieb er stehen, um entmutigt die Hand auf die Stirn zu legen.

Als er von den Vorwerken zurückkam, stand die Schaffnerin vor dem Haus. Es dämmerte schon. Graue, lange Wolken bedeckten den Himmel. Als Tarnow der Schaffnerin ins Gesicht sah, erschrak er. Sie hatte eine Leichenfarbe. Ihre Augen waren wie verquollen, ihre Haare verwirrt, ihre Lippen zusammengepreßt.

„Was hast du, Fanny?" fragte Tarnow.

Sie gab ihm keine Antwort, sondern blickte mit zuckendem Mund zur Seite. Und er wiederholte seine Frage. Sie legte ihre Hand leicht auf die seine und wollte sprechen, als der Amtmann aus dem Haus trat und mit rauher Stimme nach ihr rief. Er gewahrte auch Tarnow, kam näher, begrüßte ihn freundlich, legte seinen Arm in den des Wirtschaftsschreibers und zog ihn fort.

„Wollen Sie eine Zigarre haben, lieber Tarnow?“ fragte Truchs, als sie im Hof auf und ab gingen.

„Danke, Herr Amtmann, ich rauche nicht,“ erwiderte Tarnow, der eine atemlose Spannung empfand.

„Aber zum Teufel, Herr, nehmen Sie doch eine Zigarre, wenn ich Ihnen eine anbiete.“

„Ich habe noch nie geraucht, Herr Amtmann.“

„Das ist mir egal.“

Tarnow nahm eine Zigarre und zündete sie unbeholfen an, als ihm der Amtmann Streichhölzer gegeben hatte.

Der Amtmann barst vor Lachen. „Sie haben ja die Spitze nicht abgeschnitten,“ keuchte er, sich auf den Bauch klopfend. „Sie sind mir ein rechter Maulwurf.“

Tarnow schnitt die Spitze ab und bemühte sich mechanisch, den Rauch aus der Zigarre zu ziehen. Der Amtmann war in einem Nu ernst geworden. „So, jetzt können wir ja reden,“ sagte er. „Also was ich Ihnen mitteilen wollte, ist das: nämlich, — aber bleiben Sie nur hübsch ruhig — nämlich, die Leutholdin ist *meine* Braut. Sie gefällt mir und ich will sie heiraten. Das wollt ich Ihnen nur mitteilen.“

Tarnow lehnte sich an den Gartenzaun und warf die glimmende Zigarre in den Sand. In seinem Gesicht ging eine wunderliche Veränderung vor. Es war, als ob der Mund sich verschoben hätte und das Kinn schief geworden sei. Dann drehte er sich um und hustete, indem er sich an einem Pfahl festhielt und die Kniee daran preßte.

„Na was ist, Tarnow, was ist? was haben Sie?“ rief der Amtmann ungeduldig und kratzte sich den Kopf.

Tarnow wandte sich wieder um und mit gesenktem Haupt sagte er ruhig: „Ich wünsche dem Herrn Amtmann viel Glück. Ich werde Sie trotzdem so schätzen, als ob Sie eine Baronesse zur Frau bekommen hätten."

Die seltsame Antwort machte den Amtmann stutzig. Aber er hatte nicht Lust, weiter zu fragen, sondern ging ins Haus. Tarnow folgte ihm und suchte gleich sein Zimmer auf, wo der Jäger Klein schon im tiefen Schlaf lag.

Tarnows Arbeit am nächsten Tag glich einer Arbeit, die man im Traum verrichtet. Aber er beherrschte sich so, daß es nicht auffallend war. Er konnte die Schaffnerin von da an nicht mehr sprechen. Der Amtmann war stets zugegen, wenn er sie irgendwo traf, und schließlich kam es so, daß er sich davor fürchtete, sie irgendwo allein zu treffen. Seine Augen waren immer umschleiert, so daß sein Blick etwas dumpf Sinnendes bekam. Sein Gang war schlendernder geworden. Eine merkbare Veränderung war mit ihm vorgegangen.

Auf den Wiesen wurde das Gras gemäht. Die Libuhn war bei den Kühen und melkte. Das Dach des kleinen Neubaues war schon aufgesetzt. Tarnow schrieb im Bureau. Die Schaffnerin und Truchs saßen in der Wohnstube.

„Nun Fanny, was hast du mir zu sagen?" fragte der Amtmann, der die Ellbogen auf seine Kniee gestützt hatte und ganz vorgebeugt saß.

„Ich, Truchs? Was soll ich dir zu sagen haben?"

„Heut früh hast du gesagt, nachmittags würdest du's sagen," murmelte der Amtmann.

„Es ist nichts, Truchs, ich hab's schon vergessen."

„Ich will es aber wissen, Leutholdin, hörst du?"

„Ich sag es aber nicht, Truchs."

„Du bist in den Schreiber verliebt, Leutholdin, leugn' es nicht. Das hast du mir sagen wollen. Bist du in den Schreiber verliebt, Fanny?"

Die Schaffnerin lachte kurz auf. „Was bist du

so erregt, Truchs. Nein, zum Verlieben reichts bei mir nicht mehr hin. Aber ich möcht ihn haben. Ich möcht ihn haben, Truchs, das ist die Wahrheit. Ich möcht auch ein Leben führen wie ein Mensch."

Die eine Hand des Amtmanns griff nach dem Vogelkäfig, der neben ihm auf einem kleinen Tischchen stand, und bog die starken Drähte zusammen, als ob sie aus Wachs bestünden. Das Rotkelchen im Käfig flatterte angstvoll auf und nieder. Die Schaffnerin begann zu erblassen vor dem Blick des Amtmanns und stand auf wie unter einem Alp. Er zog sie her zu sich und sie kniete vor ihm. Ihre Augen wandten sich keine Sekunde lang von ihm ab. Er beugte sich nieder, faßte sie um die Hüften und lachte sie an. Auch sie lachte gezwungen. Er hob sie auf sein Knie und sagte: „Schwer bist du, Schaffnerin." Sie nickte geistesabwesend. Er näherte den Mund ihrem Ohr und biß sie ins Ohr. Sie schrie auf und klammerte sich an ihn. „Nun wie ists mit dem Schreiber?“ fragte er. Jetzt schüttelte sie krampfhaft eilig den Kopf. Sie deutete hinaus in den Hof oder in den Garten, wo sie Tarnow sah. Der Amtmann machte sich los von ihr, ging hinaus und stand bald vor Tarnow, den er fragte, wie es ihm gehe.

Aber Tarnow erwiderte ihm nichts.

„Machen Sie sich keine Hoffnungen, lieber Tarnow,“ sagte Truchs boshaft. „Ich lebe schon ein Jahr und länger mit der Leuthold zusammen. Da können Sie sich denken, daß es mit der Keuschheit schon längst am letzten ist, — hä? Pfui Teufel, was sind Sie für ein Kerl, Tarnow, was für ein Pfaffengesicht haben Sie, pfui Teufel. Man kann Ihnen die Finger abhauen, ohne daß Sie schreien.“

„Ist das wahr, Herr Amtmann, was Sie eben gesagt haben mit der Schaffnerin?“ fragte Tarnow, der ein Gefühl hatte, als ob eine Faust sich in seine Brust senke.

Der Amtmann schwieg und wandte sich kurz ab. Und als dann kurze Zeit nach diesem Zwiegespräch Tarnow durch den Flur gegen die Küche schritt, fühlte er auf einmal zwei Arme um seinen Hals, die ihn zurückhielten. Es war die Schaffnerin. Sie atmete erregt, sie drängte ihren Leib dicht an ihn und suchte seinen Mund mit den Lippen, doch küßte sie in die leere Luft. Tarnow hielt sich an der Mauer fest. Er machte eine verzweifelte Bewegung mit dem ganzen Körper, sein Gesicht rötete sich und wie ein zermalmendes Gewicht drückte es auf seinen Schädel.

Stunden vergingen, ohne daß es ihm gelungen wäre, sich einigermaßen zu fassen. Eine geheimnisvolle Stimme in seinem Innern rief ihn fortwährend bei seinem eignen Namen, und diese Stimme verwirrte sein Nachdenken gänzlich. Es war schon spät nachts, als er immer noch auf der Treppe vor dem Haus saß; seinen Kater auf dem Schoß hielt und grübelnd vor sich hin sah. Es wehte ihm ein kühler Wind ins Gesicht.

Auf einmal kam der Amtmann zu ihm heraus; Tarnow schien es, als käme er aus dem Zimmer der Schaffnerin. Er wunderte sich im stillen, daß er diesem Umstand so wenig Wichtigkeit beimaß. Des Amtmanns Haare waren verwirrt und hingen in Strähnen herab. Sein Gesicht war verstört.

„Warum gehen Sie nicht in Ihr Nest?" fuhr er Tarnow wild an.

Tarnow stand auf und blickte schweigend vor sich hin.

„Warum Sie nicht in Ihr Nest gehen?" schrie Truchs mit heiserer Stimme.

„Ich bin nicht müde, Herr Amtmann," sagte Tarnow gefaßt.

Der Amtmann sah jetzt die Katze in Tarnows Arm. Er lachte kichernd in sich hinein. „Ach so," sagte er gedehnt, „Sie pflegen das Vieh da! Jetzt weiß ich doch, wohin die jungen Hühner kommen. Bis jetzt hab ich immer gemeint, der Herr Tarnow selbst stiehlt sie und verkauft sie. Marsch!" Mit diesen Worten riß Truchs den Kater an sich, packte mit der einen Hand den Kopf des Tiers und drehte ihn, während er den Körper festhielt, ein paarmal rundherum. Einen raubvogelartigen Pfiff ausstoßend warf er den Kadaver mitten in den Hof.

Tarnow strömte alles Blut, so daß er es deutlich empfand, zum Herzen. Er ächzte und hielt sich nur mit großer Mühe aufrecht. Der Amtmann nickte ihm hämisch zu und ging in den Flur zurück.

Tarnow hob das Tier vom Boden auf. Es war tot. Die Augen waren ganz aus den Höhlen getreten. Mit weitgeöffneten Lidern blickte Tarnow zum bewölkten Himmel empor. Aber noch immer gewannen seine Sanftheit und die angeborene Demut seines Wesens Macht über ihn. Er fühlte jetzt nur noch großes Mitleid mit dem treuen Gefährten seiner Spaziergänge.

Doch erwachte zugleich eine nagende Furcht vor dem Wiederanbruch des Tages in ihm.

VI.

Der Prediger und der Organist von Veitshöchheim waren zu Gast bei dem Amtmann. Sie waren schon nachmittags herüber gekommen und hatten ein Spielchen arrangiert. Ihre Bekanntschaft mit Truchs lag höchstens um einen Sonntag zurück.

Die Unterhaltung bei der Abendmahlzeit zwischen dem Amtmann und seinen Gästen war laut und ungezwungen. Die Schaffnerin, die Truchs gegenüber saß, blickte ohne eine Bewegung zu machen und ohne ein Wort zu sprechen, auf ihren Teller nieder und berührte die Suppe nicht, die vor ihr stand. Tarnow, der neben der Schaffnerin saß, war ebenso schweigsam.

Es gab Brotsuppe. Der Amtmann hatte

sich und seinen Gästen Suppe gegeben und reichte nun Tarnow den Vorlegelöffel, damit er sich selbst nehme. Tarnow nahm den Löffel und schöpfte sich Suppe, aber er vermied dabei das Brot, das er nie aß, wenn es in der Brühe gelegen hatte. Da fuhr ihn der Amtmann zornig an: Das thun ungezogene Leute. Das ist unschicklich."

Tarnow schwieg.

Der Organist platzte mit Lachen heraus. Der Prediger, ein noch junger Mann, der unter widerwärtigem Schlürfen seine Suppe aß, nickte etwas stupid vor sich hin. Der Amtmann stieß während der ganzen Dauer der Mahlzeit beleidigende und kränkende Worte gegen Tarnow aus, machte sogar zotenhafte Witze, bei denen der Prediger errötete und wie beschwörend die Hand erhob, während der Organist krampfhaft Brotrinden zerbiß. „Na, Leutholdin," sagte dann der Amtmann jedesmal und warf der Schaffnerin funkelnde Blicke zu, „meinen Sie nicht auch?"

Die junge Frau lächelte dann, — aber mit welch einem rätselhaften Lächeln! Ihr Gesicht erhielt dadurch fast gar keine Veränderung, außer daß der Mund sich in die Länge zog.

Tarnow schwieg zu allem.

Es war schon zehn Uhr vorbei, als der Amtmann mit seinen Gästen aufbrach, um sie zu begleiten. Die Nacht war finster. Ein stürmischer Wind ging und die Fensterscheiben klapperten in ihrer Einfassung.

Zum erstenmal wieder befand sich Tarnow mit der Schaffnerin allein. Er hatte gezittert vor diesem Alleinsein und hatte es doch auch gewünscht. Sie saßen lange Zeit, ohne etwas zu sagen und hörten der schaurigen Windmusik zu. Im Haus selbst war es ganz still. Tarnow glaubte bisweilen, er höre eine Glocke läuten. Es war nur ein ganz dumpfes, hinsterbendes Geräusch, das sich seinen Sinnen darstellte, nicht als ob es die Stille, sondern nur die Finsternis durchbreche, die sich draußen um die Mauern schmiegte. Und wieder glaubte er dann seinen Namen von irgend einem Unsichtbaren gerufen und lauschte voll Angst.

„Fanny, was haben Sie mit dem Amtmann gehabt?“ fragte er endlich ohne weitere Überlegung.

Sie schüttelte den Kopf und sagte nichts. Es quälte ihn, daß sie schwieg, aber er wiederholte seine Frage nicht.

Da reichte sie ihm einen Zettel. Er nahm ihn und las mit Bleistift geschriebene Worte: Ich darf nichts reden, wenn ich Ruhe haben will. Heiraten werd ich ihn nicht, nein. Ich werd mich nicht mit dir auseinanderbringen lassen, Tarnow. Eher zieh ich fort.

Der Umstand, daß sie dies geschrieben hatte und offenbar schon lange vorher geschrieben, und daß sie nicht redete, machte einen furchtbaren Eindruck auf Tarnow. Flüsternd, als könne selbst die Stille sie belauschen, fragte er: „Warum sprechen Sie denn nichts, Fanny?“

Sie sah ihn an und blickte dann deutend nach den Fenstern, nach der Thüre, als sei sie gewiß, daß des Amtmanns Ohr eifersüchtig daran gepreßt sei, oder als sei sie gewiß, daß die Luft, in die sie ihre Worte hauchte, ihm den Schall zutragen müßte. Das erfüllte Tarnow mit Schrecken, und er schwieg gleichfalls, obwohl er wußte, daß Truchs in Wirklichkeit mit den beiden Männern fortgegangen war, da er sie selbst bis zur Hausthür begleitet und noch von ferne das dröhnende Lachen des Amtmanns gehört hatte.

Und es dauerte auch noch eine Viertelstunde, bis er zurückkam. Er schien in sehr heiterer Stimmung, that aber, als ob Tarnow gar nicht da sei.

Dieses Verhalten erregte Tarnow auf unerklärliche Art. Aufmerksam verfolgte er jeden Schritt, jede Geste des Amtmanns, und erst als man dann aufbrach, um sich zu Bett zu begeben, hatte sich die Unruhe in ihm etwas gelegt.

Aber schlafen konnte er nicht. Er setzte sich an das kleine Tischchen, das zwischen dem Bett des Jägers und dem seinen stand, zündete eine gebrechliche Lampe an, die auf dem eisernen Ofen stand und die ein mageres Licht in der Stube verbreitete, und schrieb einen Brief an seine Mutter, die in einem Weiler in der Nähe von Aschaffenburg wohnte. Er schrieb, daß es ihm gut gehe und daß er sich für ihre sorgliche Nachfrage bedanke; daß er seine Stelle nicht so bald zu verlassen gedenke wegen der Mutter, und daß er bald eine einträgliche Beförderung zu erfahren hoffe; daß er sich zwar nicht viel ersparen könne, daß ihm aber trotzdem an leiblichen Dingen nichts abgehe. Sein Stil war plump, aber zärtlich; all das sanfte Licht, das in seiner Seele wohnte, strömte dabei in die Zeilen über, die ganze Güte seines Wesens kam in wunderlichen Wortverschnörkelungen zum Ausdruck, wie diese: daß du, meine so hochgeliebte Mutter, mich immer ermahnst, beim Rechten zu bleiben, ist ein herrliches Zeugnis deiner Tugend und kann mir nichts Lieberes geschehen. Diese altmodischen Banalitäten nahmen in seiner Schrift, unter seiner langsam sich über das Papier schiebenden Hand etwas Edles und Rührendes an und zeigten, wie sein Gemüt an diesem Tag noch sein Gleichgewicht besaß.

Als Tarnow am nächsten Morgen in das Bureau trat, war der Amtmann schon anwesend. Tarnow war erstaunt, denn es war das erste Mal, daß dies der Fall war. Der Amtmann erwiderte seinen Gutenmorgengruß nicht. Er war mit keiner Arbeit beschäftigt, sondern starrte nur dumpf vor sich hin. „Ich muß mit Ihnen reden, Tarnow," sagte er einmal, aber als Tarnow den Kopf erhob und lauschte, schwieg der Amtmann. Dagegen wurde er plötzlich aufgeräumt und redselig, als Tarnow sagte, er müsse nach den Vorwerken und dann nach Strelentin hinüber und käme erst Nachmittag zurück.

Aber Tarnow kam schon früher zurück und

begegnete am Kloster Himmelspforta der Schaffnerin, die in der Stadt gewesen war. Es hatte zu regnen begonnen, auch der Wind hatte seit gestern noch nicht aufgehört. Tarnow hatte keinen Schirm und bat die Schaffnerin, ihn unter ihrem Schirm mitzunehmen. Förmlich gepeitscht, rasten zerfaserte Wolken über den Himmel. Kein Mensch war weitherum zu sehen. Das Kloster lag in einer gleichsam steinernen Stille da, und die Akazien, die zum Portal führten, krümmten sich und ächzten und die Blätter rauschten laut. Die Schaffnerin war wieder schweigsam und in Tarnow kehrte die Furcht des letzten Abends zurück. Oft glaubte er, die Schaffnerin lächle, aber dann schloß er, daß er sich getäuscht haben müsse. Er meinte es immer dann zu sehen, wenn sie beide schwer gegen den Wind ankämpften, und wenn sie sich dann an ihn preßte oder seine Hand zufällig die ihre berührte. Sein Herz klopfte, wenn er sie ansah, — das liebliche Oval ihrer Wangen, das duftige Rot, das der Sturm darüber gehaucht, die feine, weiße Haut des Halses, unter der die Adern pochten, das blaue Band, das den Nacken umschloß; und er dachte sich aus, was er ihr vielleicht sagen könnte, um ihr zu gefallen. Aber es blieb beim Denken. Sie näherten sich dem Gut und aus dem Fenster des Bureaus blickte der Amtmann nach ihnen.

Kurze Zeit nachher kam der Krüger Kitz, der eine Zahlung leisten wollte, und Tarnow hatte die Quittung zu schreiben. Er datierte sie, wie es richtig war, auf den 28. Juni, den Tag der Zahlung. Die Zahlung war schon im Mai zu leisten gewesen. Der Amtmann geriet plötzlich in große Wut, als er das Datum der Quittung sah. Er warf das Quittungsbuch des Krügers auf den Tisch und schrie Tarnow aus allen Kräften an: „Herr, zum tausend Teufel, was haben Sie da wieder für dummes Zeug gemacht!"

Tarnow fragte gelassen: „Wieso, Herr Amtmann?"

„Mit dem dummen Quittieren!“ schrie der Amtmann. „Der Kitz bezahlt den Branntwein, den er im Mai schuldig geblieben ist, und der muß auch bei dem Monat quittiert werden! Sie sind ein Mensch, der nie eine richtige Rechnung geführt haben kann. Sie sind nichts wert.“ Dabei warf er die Sandbüchse mit solcher Heftigkeit auf den Tisch, daß er sich an der Hand verwundete, und daß das Tintenfaß aufflog und die Tinte auf das Papier und auf die Möbel verspritzte. Zugleich schrie er, der Tarnow solle binnen acht Tagen aus dem Hause; er habe sich durch seine Untreue und Durchstechereien der Kondition unwürdig gemacht. „Ich werde Sie unglücklich machen,“ schrie er, „ich werde Sie ins Zuchthaus bringen.“

Der Krüger Kitz machte sich ängstlich davon, aber der Amtmann hörte nicht auf zu toben. „Herr, ich schwöre zu Gott, ich halte mein Wort, — ich will Sie verfolgen, Sie mögen sein, wo Sie wollen, Sie Duckmäuser und Heuchler! Ich werde Sie schon aus ihrer Ruhe bringen, da können Sie sich drauf verlassen."

Die Leute im Hof waren zusammengelaufen und horchten. Tarnow erlitt ruhig diese Beschimpfungen, als wäre er schon stumpf dagegen geworden. Er hatte sich still an den Ofen gestellt und nur darüber nachgedacht, wie er aus dieser Kondition kommen könne. Dann fragte er mit bebender Stimme: „Was wollen Sie von mir, Herr Amtmann?"

Der Amtmann blickte stier in Tarnows Gesicht. Er geriet in eine unsinnige Wut und stieß Tarnow mit der geballten Faust ins Auge.

Diese Mißhandlung brachte eine Wandlung in das Innere Tarnows.

VII.

Auf einmal erhielt er diesen Stoß, der so heftig war, daß er mit dem Kopf gegen den Ofen zurückstieß. Er fühlte plötzlich ein Kribbeln in der Nase. Dieses stieg ihm dann nach dem Kopfe, und es war ihm zu Mute, als wenn das Gehirn gleich einem Uhrwerk sich ihm herumdrehe. Dann lief es ihm ganz kalt durch das Genick in die Schultern und er meinte, es falle ihm durch die Zimmerdecke geschmolzener Schnee auf den Rücken. Darauf versetzte es ihm einen heftigen Ruck in der Brust und er hatte eine heftige äußere und innere Hitze. Die Brust wurde ihm aufgetrieben, und er mußte sich Rock und Weste aufknöpfen, um sich Luft zu verschaffen. Er bemerkte nicht mehr, daß die Schaffnerin bleich und aufgeregt hereinkam, um den Amtmann zu beruhigen; er hörte nicht, daß sie ihm leidenschaftlich zuredete und ihm seine Hitze verwies, und daß sie dann die beiden Männer zum Abendessen bat. Etwas später fand er sich am Tisch sitzend, ohne daß er wußte, wie er herübergekommen.

Der Amtmann war jetzt plötzlich wieder ein anderer Mensch. „Man muß doch endlich einmal aufhören," sagte er, als er das Fleisch von der Schüssel nahm. Er redete gegen Tarnow hinüber ganz ruhig über Geschäfte und über eine Fahrt, die sie zusammen nach dem Rottendorfer Jahrmarkt machen wollten. Tarnow, der sonst stets glücklich war, wenn der Amtmann wieder freundlich wurde, sagte diesmal kein Wort.

Gleich nach dem Essen fing der Amtmann an, Stiefel und Jacke auszuziehen und sagte: „Kinder, wenn euch so schläfert wie mich, dann geht schlafen." Er wünschte gute Nacht und ging in sein Schlafzimmer.

Auch Tarnow legte sich zu Bett. Der Jäger, der sonst zugleich mit ihm schlafen ging, war noch nicht da. Er hörte ihn bald darauf im Wohnzimmer mit der Schaffnerin sprechen, so deutlich, als ob es in der Stube nebenan wäre. Die Schaffnerin sagte ihm, er solle jetzt auch schlafen gehen. Der Jäger kam nun und sagte zu Tarnow, der Amtmann sei schon zu Bett.

Tarnow lag in unerträglicher Hitze da. Er hörte in der Nebenstube die Libuhn buttern. Nach einer Weile hörte sie damit auf, verließ die Stube, war aber nach kurzer Zeit an Tarnows Thür und rief leise durch die Thür: „Herr Tarnow, schlafen Sie?“

„Warum?“ fragte er.

„Wenn Sie mal rauskommen könnten, thäten Sie was Schönes belauern,“ entgegnete sie kichernd.

„Was denn?“ fragte er.

„Wie der Jäger fort war, ist die Schaffnerin zum Amtmann ins Zimmer. Und jetzt ist sie immer noch drin,“ flüsterte die schwatzhafte Magd.

Tarnow erwiderte nichts, und die Libuhn fuhr fort zu buttern. Zu dem Jäger, der noch nicht schlief, und der alles gehört hatte, sagte Tarnow: „Sehen Sie nur, Klein, was das für eine Hundezucht ist. So heilig hat mir der Amtmann versprochen und zugeschworen, daß er und ich und die Schaffnerin gleichzeitig in unsere Stuben sollen und jetzt ist es doch nichts!"

Der Jäger lachte. Ob denn das was Neues sei, meinte er.

Nun kam die Libuhn abermals vor die Thüre. „Herr Tarnow," raunte sie, „ich hab gehorcht an der Thür. Sie ist noch drin."

Tarnow richtete sich ein wenig auf und stützte den Kopf auf die Hand. Er empfand immer größere Hitze im Kopfe und am ganzen Körper. Er konnte nicht einmal die Augen zumachen und warf sich wild im Bett umher.

Es schlug zehn und es schlug halb elf und da kam jemand in die Stube nebenan, wo die Magd immer noch butterte. Das muß die Schaffnerin sein, dachte Tarnow. Und als er dann wirklich ihre Stimme hörte, schlugen seine Zähne aneinander wie im Fieber. Er wollte ihr merken lassen, daß er noch wach sei, daß er bis jetzt gewacht habe, und mit einer seltsam metallisch klingenden Stimme schrie er lauter als nötig war hinüber: „Haben Sie jetzt Butter, Libuhnin?“

Statt ihrer antwortete die Schaffnerin: „Wir werden bald welche bekommen; ich brühe jetzt.“ Und Tarnow lauschte ihren Worten, als sie schon längst verklungen waren. Es kam ihm vor, als klängen sie nach in der Stille der Stube, als wiederhole sie der Wind draußen tausendzüngig. Er hatte eine Lust in sich zu klagen, was ihm alles widerfahren, aber die Hitze, die er empfand, drückte seine Kehle zusammen. „O Gott,“ murmelte er, „wirst du mich denn nicht erlösen!“

Eine kleine Weile darauf wurde es nebenan still. Dann wünschte die Schaffnerin durch die Thür in einem freundlichen Ton Tarnow gute Nacht.

„Gut Nacht,“ sagte auch Tarnow.

Er horchte gespannt. Ihre leichten Schritte verhallten auf dem Flur. Sie ging in ihr

Zimmer, aber sie verschloß die Thüre nicht, wie es doch verabredet war.

„Sehen Sie, Klein, jetzt schließt sie doch ihre Thür nicht zu," sagte Tarnow und biß wie verzweifelt in sein Kissen.

Der Jäger, verwundert, den Tarnow heute so redselig zu finden, brummte bestätigend.

Es schlug elf Uhr.

Die Hitze, in der Tarnow lag, wurde zu einer furchtbaren Glut. Alle Beleidigungen, die er in diesem Haus erlitten, vom ersten Tag an bis heute, alles trat ihm vor die Seele. Dann lag er gedankenlos im Bett. Er fühlte nur noch ein Sausen und Brausen, als ob ihm das Gehirn im Kopf herumgewälzt würde. Er konnte es nicht mehr aushalten im Bette; auch die Stille im Haus war ihm zu groß. Sie drückte weniger auf ihn, wenn er saß, als wenn er lag. Er setzte seine Füße hinaus, zog seine Pantoffeln an, blieb aber so sitzen und sitzen, hörte halb zwölf und zwölf und halb eins und eins schlagen. Dann zog er seine Strümpfe und Beinkleider und seinen Überrock an und fragte: „Schlafen Sie, Klein?"

Keine Antwort kam. Klein schlief.

Er verließ die Stube. Er riegelte das Hausthor auf und ging in den Hof, wo ihn ein jagender Wind empfing. Er lief ein ganzes Stück hinaus in die Wiesen und kehrte dann ebenso schnell laufend wieder um. Er ging dann in die Amtsregistratur. Er wußte, daß der Amtmann in der Registratur an einem Nagel einen Strick aufbewahrte. Er ging immer schnell und fühlte nur das Sausen und Brausen in seinem Kopf. Er fand den Strick nicht an dem Nagel. Aber im Finstern suchte er und fand den Strick an einem zweiten Nagel. Und er nahm den Strick und steckte ihn in die Tasche.

Dann stand er wie erstarrt still und sagte ziemlich laut: „Nein, mit dem Strick geht es nicht." In einem Zimmer nebenan stand eine

Kiepe mit Eisenzeug. Er nahm einen Hammer daraus, den größten und schwersten, den er fand. Sobald er den Hammer in der Hand hatte, wurde es ruhig um ihn und das Sausen und Brausen hörte auf. Er dachte: ich mache es wie der Blutmartin, dessen Bild ich auf der Messe gesehen habe. Und wenn er seine Thür zugesperrt hat, will ich ihn um Zündhölzer bitten; will sagen, es ist mir recht schlecht, Herr Amtmann, zünden Sie mir die Kerze an.

Er stand vor der Thür der Schaffnerin, kniete hin und betete.

— —

VIII.

Zwei Stunden später, ungefähr um drei Uhr morgens, kehrte er in seine Stube zurück. Es tagte schon. Drüben, in der Richtung des Klosters, wurde der Himmel schon fahl; die Vögel begannen zu zwitschern, erst schüchtern, gleichsam fragend, dann zuversichtlich, dann ganz stürmisch.

Tarnow trat herein, und in seinem Gesicht glänzten die Augen, wie sie gewiß nie zuvor geglänzt hatten, — als wollte er sagen: jetzt kann ich wieder rein dastehen vor mir selber. Aber das dauerte kaum Sekunden, die man zählt. Er warf sich neben das Bett des Jägers hin und schüttelte ihn. „Klein!“ rief er aus, „Klein, der Kerl, der Amtmann schläft schon!“

Der Jäger war sofort wach geworden. Er sah Tarnow an, dessen Gesicht wie Wachs war. „Was ist geschehen?“ fragte er und stand auf. Und er sah nun auch, daß Gesicht und Hände und Kleider des Tarnow mit Blut besudelt waren. „Was ist geschehen, Tarnow?“ fragte er noch einmal erregt und packte den Knieenden am Nacken.

„Da haben Sie den Schlüssel, Klein,“ sagte

Tarnow. „Er schließt ins Schlafzimmer vom Amtmann. Und grüßen Sie halt meine Mutter schönstens von mir, lieber Klein.“

Tarnow streckte sich ganz auf den Boden, legte die Stirn auf den Arm und schloß müde die Augen.

Die Mächtigen

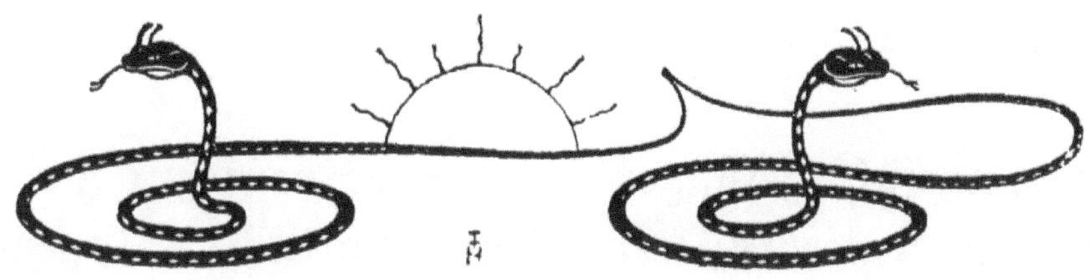

Wenn ein Gewitter im Anzug ist, darf die Kompagnie auf Heimkehr ins Quartier hoffen. Die Posten werden zusammengezogen, der Leutnant nimmt den Rapport entgegen, die Unteroffiziere versammeln ihre Korporalschaften um sich, die Kolonne wird formiert und setzt sich in dumpfem Trab in Bewegung. Die Soldaten sind müde und staubbedeckt; sie sollen singen, damit ihnen der Marsch müheloser werde, aber sie können nicht singen. Es ist eine schwere und schwüle Stimmung in der Natur und es ist, als ob diese rohen Söhne des Dorfes und der Fabrik zum Nachdenken gezwungen würden, über etwas, das bisher nur als dumpfe Sehnsucht oder als starrer Groll in ihrer Brust gewohnt. Der Leutnant fragt den Sergeanten, warum nicht gesungen würde; der Sergeant giebt einigen Unteroffizieren freundschaftliche Rippenstöße und diese fluchen leise in die Sektionen hinein und kommandieren das Lied: Der Feind, der kommt von Frankreich her. Aber kaum begonnen, ersterben die unwillig hingemurmelten Laute wieder und der Leutnant verzichtet für heute auf den Gesang. Tief und dunkel hängen die Wolken, und die Schwalben fliegen mit einem fast klagenden Zwitschern am Rand der Felder hin. Und der Wald in der Ferne, ist es nicht, als ob er zu fliehen versuchte vor dem Anmarsch der Kolonne? Leiser Donner rollt über den Wald und der dicke Staub liegt über und zwischen den Reihen und der Wind erhebt sich und treibt ihn den Männern ins Gesicht, und alle sind sie so stumpf geworden, daß sie sich nicht einmal bemühen, ihn von den Augenlidern oder von den Lippen zu wischen. Und es geht durch ein Dorf, wo aus kleinen schmutzigen Fenstern neugierige oder mitleidige oder finstere Gesichter schauen und dralle Mägde stehen an den Scheunen und lachen ziemlich grundlos. Und dann kommt wieder die Ebene und die Landschaft wird trüber und der Donner zieht heran, langsam hallend, gleichsam Gehör fordernd. Eine bissige Bemerkung wird laut unter den Soldaten oder eine derbe Zote, dann ist es wieder lange Zeit hindurch still. Sie denken an die Nacht: da können sie schlafen; manche wünschen immer schlafen zu dürfen, bis die Jahre des Dienstes vorbei sind. Viele haben einen Schatz und sie denken an den Urlaub des letzten Sonntags und an das einsame Liebesbett in einem stillen Waldwinkel oder auf einem hohen Scheunenboden. Die meisten aber denken an gar nichts; wie eine Decke hängt es vor ihren Augen und ihre Füße sind schwer. Das Gewehr drückt die Schulter und der Tornister drückt den Rücken. Der Schweiß hat die Gewänder an den Leib festgeklebt und alle Sinne sind erschlafft und abgestorben. Sie sind keinem Eindruck mehr zugänglich außer dem gleichmäßigen Geräusch der Schritte; und es klingt wie ein schwerer Rhythmus in die Unermeßlichkeit hinein: eins zwei, eins zwei . . .

Der Wald kam näher und leichte Dünste hoben sich von ihm. Die ersten Regentropfen fielen, als die Spitze unter den Schutz der dichten Wipfel einzog. Jetzt geht's der Heimat zu, dachte Frank Aschenbrenner und er allein lächelte in diesem großen Haufen müder und gleichgültiger Männer. Wenn auch der Schweiß in heißen Perlen von der Stirn und den roten Haaren troff, er hörte doch nicht auf, an Veni Escher zu denken. Eigentlich hieß sie Juvenia und es kam ihm so seltsam und der Bewunderung würdig vor, daß eine Bauerntochter Juvenia heißen konnte. Stets zwinkerte er so eigen vertraulich mit den Augen, wenn er an sie dachte, an ihre dicken Zöpfe, an die weißen, schönen Zähne an die festen starken Arme, an ihren Trotz, an ihren Hochmut, an ihre Wildheit und an ihre guten Küsse. Und das ganze Dorf sah er im Innern, so wie es damals beim Abschied gewesen war: wie es still und feierlich am See ausgebreitet lag, ein wenig gehoben durch die sanfte Krümmung der Hügel; und in der Ferne flimmerte der Mondschein auf dem Wasser wie ein Schleier, der leise flattert im leisen Wind. Und ein wohlthuender Frieden war allenthalben und in manchem Häuschen war noch ein Fenster rot und dann kamen lange Wolken und legten den Mond gleichsam in ein Grab, und die Wellen plätscherten ans Ufer, daß die Kieselsteine klirrten wie geschwätzige Gnomen, und es war auch wie eine Klage, wenn die Äste knisterten und sich furchtsam niederbogen vor dem schwellenden Nachtwind. Oder wenn er an den Morgen dachte! Wie frisch erschien das ganze Dorf, gleichsam gebadet! Am Anger blökten die Schafe und am Haus der Veni roch es so angenehm nach neugebackenem Brot (denn ihr Vater war der Bäcker des Orts), und da kam sie oft unters Thor und lachte aller Welt keck ins Gesicht.

Fort mit den Träumen —: er erhielt von hinten einen Stoß mit dem Gewehrkolben, weil er den Schritt verloren hatte. Auf allen Seiten rief es: Tritt fassen! Tritt fassen! Es war, als wolle sich die Ordnung des Marsches im Nu auflösen vor der Macht des Gewitters. Donnerschlag auf Donnerschlag durchdröhnte den Wald und die Luft zitterte; es war mühselig und beängstigend, taktmäßig weiter zu marschieren. Manche bittere Anspielung wurde laut, von den Unteroffizieren geflissentlich überhört; mancher Fluch drängte sich durch zusammengepreßte Zähne. Aber selbst dazu waren sie zu müd, mit ihren Gedanken bei ihrem Groll zu bleiben; vielmehr wurde die krankhaft erregte Phantasie beschäftigt von den Bildern der Rast, von den Bildern des Schlummers und einem Strohsack, von einem fetten Glas Milch und einem saftigen Stück Fleisch bei den Bauern des Quartiers. Aber der Wald wurde immer dichter und die Dämmerung nahm zu und der

Regen strömte herab und rann von den Helmen auf die Riemen des Tornisters, und rauschte und trommelte in den Kronen und die Blitze erleuchteten die Tiefen des Forstes, daß es aussah, als ob eine gespenstige Rotte hinter fernen Stämmen vorbeiraste.

Frank Aschenbrenner, erregt von dem Bild der Heimat, vergaß die Vorgänge der Umgebung und wie ein Schlummernder, dessen Schlaf unterbrochen wurde, alsbald von neuem die Augen schließt, versank er beinahe. hilflos und ganz selbstvergessen in eine Folge von phantastischen Vorstellungen, von wunderbaren Zufällen und Ereignissen, die von den Wünschen und von der Erwartung in uns geweckt werden. Warum empfand er im Innern seines Herzens ein bitteres Gefühl, einen Zweifel, wenn er an Veni dachte? Und gerade dies trieb ihn dazu, Luftschlösser zu bauen, die seiner bäuerischen Natur sonst ganz fremd waren.

Die Kompagnie sollte in Sankt Heinrich übernachten und den nächsten Tag, der ein Rasttag war, dort verbringen. Der Hauptmann und drei Offiziere ritten mehrere Kilometer hinter der Abteilung und dem Leutnant Baron Gerlach war die Führung während des Marsches anvertraut worden. Er war ein hübscher und sympathischer junger Mann, der es wohl zu meinen glaubte mit der Mannschaft, und der sich jene von den Vorgesetzten so wohlgelittene Schneidigkeit angeeignet hatte, die den Untergebenen gleichsam in Atem hält. Er stammte aus einer alten und angesehenen Familie, war jedoch ganz arm und besaß keine Garantien für die Zukunft als seinen Degen und seinen Ehrgeiz. Etwas von einem Träumer war in ihm. Still und in sich gekehrt, schien er mit einer wachsenden Verachtung des Lebens zu kämpfen und die Unerfüllbarkeit seiner Wünsche schien er nicht länger zu bezweifeln. Der Wald lichtete sich und die erschöpfte Kompagnie sah das Dorf vor sich liegen, eingehüllt in einen zarten, grauen

Regenschleier, mit regenglänzenden Ziegeldächern, mit plumpen Schlöten, aus denen sich bläulicher Rauch langsam in die reine, kühle Luft erhob; und dahinter lag der See, matt schimmernd wie eine Eisenplatte. Alles war voll Frieden in dieser Weltabgeschiedenheit, und die Soldaten atmeten freier, und manche wurden wieder froher Laune in der Hoffnung auf ein Stück Fleisch und auf einen Tag der Ruhe. Denn bei den Bauern hatten sie es immer am besten, wenn sie nicht durch die boshafte Parteiischkeit des Quartiermachers gleich dutzendweise in den Stadel eines armen oder eines geizigen Mannes geworfen wurden.

Frank Aschenbrenner wohnte mit zwei Kameraden bei seinen Eltern. Die beiden alten Leute standen unterm Thor und ihre Gesichter leuchteten vor Stolz. Es gab keine Redensarten und keine langen Erzählungen; nachdem die drei Soldaten sich ihres Gepäcks entledigt hatten, nahmen sie auf der Bank hinter dem riesigen

Tisch Platz und der Bauer brachte Brot und sauren Rahm. Dann setzte er sich den erschöpften Männern gegenüber und sah mit breitem Lächeln zu, wie es ihnen schmeckte. Und bald fiel der Abend nieder über das Dorf. Frank, der noch nicht gewagt hatte, nach Veni zu fragen, weil ihn eine seltsame Angst daran hinderte, zog, als es schon ziemlich spät war, den frischgewaschenen Drillichrock an, setzte die Mütze auf und ging lässigen Schritts die Dorfstraße entlang. Er spähte scheu nach den Mädchen, die am Brunnen standen, doch er fand die nicht, die er suchte. Vor manchem Thor blieb er stehen und begrüßte die Freunde und die Bekannten, und oft ließ man ihn kaum weitergehen; man wollte sich etwas von ihm erzählen lassen, man sagte ihm Komplimente und alle waren stolz darauf, daß ein so schmucker Soldat ein Sohn des Dorfes war. Doch seine Sehnsucht trieb ihn gebieterisch zum Ziel, und schnell schritt er zum Haus des Bäckers Escher.

Entschlossen wollte er hineingehen, da sah er sie träumerisch im Flur stehen und vor sich hinstarren. Sie blickte überrascht auf, als er ihre Hand nahm; erst schien sie nicht zu wissen, wer es sei, dann wurde sie feuerrot und stotterte eine verlegene Begrüßung. Wie verändert ist sie, dachte Frank, und er vergaß, daß er sie stürmisch in die Arme hatte schließen wollen. Da standen sie nun schweigend beisammen und wußten sich nicht ein einziges Wort zu sagen. „Bist du mir denn bös?" fragte endlich der junge Soldat. Sie schüttelte den Kopf und wollte unbefangen lächeln. Aber selbst in der Dunkelheit gewahrte er wohl, daß ihr Lächeln gezwungen war, und er fühlte, daß sie ein beklommenes Herz hatte. „Geh fort," sagte das Mädchen plötzlich eindringlich und voll Hast, „der Leutnant kommt gleich wieder. Er braucht dich doch da nicht zu sehen; morgen wollen wir uns treffen, ich geh morgen nach Dürnbach, da wollen wir mitsammen gehn, — aber jetzt geh fort, hörst?" —

„Der Leutnant?“ murmelte Frank und sah bestürzt vor sich hin; er konnte noch nicht begreifen, was vorging, er wollte Veni umarmen und wollte sie zwingen, daß sie ihn küsse, aber sie entwand sich seinem Arm und huschte im dunkeln Flur lautlos dahin.

Der junge Mensch dachte nicht ans Heimgehen, obgleich kein Soldat nach zehn Uhr mehr auf der Straße sein durfte. Noch immer hatte er nichts begriffen, und er schlich ums Haus herum, die Hände in den Taschen und die Blicke an den Boden geheftet. Es roch gut nach Heu und Dünger; das Gewitter und alle Wolken hatten sich verzogen, die Sterne schimmerten am Himmel wie reine, klare Perlen, und es war wieder so schwül wie am Abend vorher.

Zwei Nachtfalter flatterten durch den Hof und über die Schultern Frank Aschenbrenners, und wie er sie mit den Augen verfolgte, sah er, daß ein Fenster oben erleuchtet war, und er wußte aus früherer Zeit, daß dies Venis Fenster war. Dann sah er zwei Schatten droben. Da in der Nähe ein alter Birnbaum stand, kletterte er rasch daran hinauf, und bald konnte er in die Kammer hineinschauen, wo der Leutnant saß und die junge Veni umschlungen hielt. Sie sträubte sich nicht, nein, sie ergab sich seiner Umarmung, sie suchte seine Umarmung, sie hatte das Gesicht an seiner Brust verborgen. Das ist aber schnell gegangen, dachte der Soldat in seinem Stumpfsinn, und der Ast, auf dem er saß, wollte schier brechen. Die reifen Früchte des Baumes schienen um ihn herumzutanzen; unten lief eine Katze über den Hof und stieß ein klagendes und sehnsüchtiges Geschrei aus; eine Fledermaus schwirrte vorbei. Jetzt löschte der Leutnant das Licht aus, und Frank starrte noch immer und wußte nicht wie lange, da auf einmal erscholl die Trommel, die die Kompagnie zum Appell rief. Oho, dachte Frank Aschenbrenner und brach zornig einen Zweig mitten durch, gönnen sie uns nicht mal die Rast?

Das bedeutet Nachtübung — Brigadebefehl ... und er lachte höhnisch vor sich hin, stieg herab vom Baum, trottete nach Haus, wo die beiden Eltern mit Bangen auf ihn warteten, und begann sich marschfertig zu machen wie die andern auch.

Das ganze Dorf war in Bewegung. Die Korporalschaften ordneten sich, und in den Gesichtern der Mannschaft lag ein düsterer Verdruß. Schwer und schleppend setzten sich die Züge in Bewegung, um sich zu sammeln und der Mond stieg groß und glühend über der Landschaft auf, eine halbvollendete Scheibe. Der Hauptmann ritt vor die Front und feuerte in einer pathetischen Ansprache die Soldaten an. In kurzen Zügen gab er dann den Plan des nächtlichen Manövers kund. Die Ordre ging vom Armeekorps aus: die dritte Brigade sollte den Waldrand von Heumödern besetzen und die Position bis Tagesanbruch zu halten versuchen. Die Offiziere orientierten sich auf ihren Karten und die Korporäle machten sich Notizen, weniger weil es notwendig war, als um ihr waches und unermüdetes Interesse deutlich zu zeigen. Während all dem standen die Dorfbewohner schweigend um die Kompagnie und beobachteten neugierig das fremdartige Thun. Die Nacht war voll von einer bedrückenden Schwülnis, über den Feldern lagerte ein seltsamer Dunst, und heimliche Lichter schienen oft aufzublitzen unter dem schweren Mantel der Nacht. Endlich wurde der Marschbefehl erteilt, und dumpf und echolos ertönten die gleichmäßigen Schritte der Kolonne auf der Dorfstraße. Hinter ihnen lag der See; stumm und langen Schleiern gleich glitten zarte Nebel über die glatte Fläche. Es war wie eine geheime Empörung unter den Leuten, die aus ihrer Nachtruhe aufgescheucht, neuen Müdigkeiten und Erschöpfungen preisgegeben waren. Die Vorgesetzten fühlten es, daß hier ein Geist der Widersetzlichkeit zu Gast war, jener stumme Unwille, der wie ein mühsam eingedämmtes

Feuer weiterlodert und weiterlodert, bis er alle ergriffen hat und der vernünftigen Zurückhaltung unfähig macht. Weithin glänzte die Landschaft in der Nacht und der zitternde, dämmerige Mondschein beleuchtete etwas gespenstisch die bewegliche Schlange, die auf der Chaussee fortschlich, langsam und anscheinend ohne Ziel, wie eine seltsame Maschinerie. Die Gewehrläufe und die Knöpfe der Uniformen blitzten sanft, und keiner in der Kolonne hatte Lust zu plaudern. Nur wenn einer im Marsch nachließ und den Schritt verlor, wurde ein boshaftes Murren laut und die ganze stille Empörung der Gequälten kehrte sich gegen den frühzeitig ermatteten Kameraden. Viele hatten sich offenbar schon die Füße wund gelaufen, denn ihr Gang war zag und vorsichtig; sie traten nur noch mit der Sohle des Stiefels auf, und manche waren wund zwischen den Schenkeln und schritten mit gespreizten Beinen dahin.

Auf dem langen Marsch bis zum Wald

von Heumödern vereinigten sich die zwölf Kompagnien des Regiments; kurz vor Erreichung des Zieles traf das andere Regiment ein, und die Brigarde konnte nun plangemäß das Terrain besetzen. Lautlos ging all dies vor sich, der Mond stieg immer höher und ein schwüler, leichter Wind kam von der Seegegend her. Gedämpfte Kommandorufe: ausschwärmen! langsam! hinlegen! zurück! u. s. w. störten den Nachtfrieden des Waldes. Und Frank Aschenbrenner wollte sich eben niederlegen, beglückt, daß er nun endlich ruhen könne und unfähig, an etwas anderes zu denken als an diese zerstörende Müdigkeit, die den Körper förmlich aushöhlte; da vernahm er, wie man ihn und zwei Kameraden dazu bestimmte, mit dem Leutnant von Gerlach einen Patrouillengang anzutreten. Er dachte nicht mehr an seine Erschöpfung. Er hätte lachen mögen, und die Begierde, jemandem seine Befriedigung mitzuteilen, überkam ihn; die seltsame Fügung des Zufalls, die gerade ihn mit dem Leutnant auf einen einsamen Wachtposten stellte, veranlaßte ihn nicht einmal zum Nachdenken, sondern machte ihn nur froh und erwartungsvoll.

Der Leutnant hatte die wichtige Aufgabe erhalten, die Stellung des Feindes an seinem linken Flügel auszukundschaften und marschierte nun mit seinen drei Leuten am Wald entlang und dann gegen die Ebene hinüber. Er verfolgte eine Zeitlang den Lauf des Zonhofer Baches, streifte das herzogliche Jagdrevier Birkenfeld und dann breitete sich ein weites flaches Land vor der müdhinschleichenden Patrouille aus. Durch Wiesenwege gings und durch den Rain der Felder, und bald war es so einsam rings, daß kein Baum und kein Strauch mehr zu sehen war. Und im Osten zogen weißliche, dünne Wolken empor, gefärbt vom Licht des Mondes; oft huschte ein scheuer Nachtvogel vorbei und die Grillen wurden laut und lauter: ein wechselloser Rhythmus, gleichsam die Melodie des Schweigens; dabei fielen den Soldaten ganz alte, fast vergessene Volkslieder ein und Jürg Kohlmann summte sogar die „stille Wacht" vor sich hin. Unfern von Obermödern war ein Kreuzweg, und am Wegweiser dort teilte Leutnant von Gerlach seine Patrouille: Jürg Kohlmann und Stephan Weyh sollten langsam und mit großer Vorsicht bis zur Staatsstraße vordringen, er selbst wollte mit Frank Aschenbrenner in nördlicher Richtung rekognoscieren. Frank lachte heiser, fast unhörbar vor sich hin. In seltsamer Glut starrten die Herbstzeitlosen aus den Wiesen, und der Mond wurde schon rot und neigte sich dem Horizonte zu. Die nachttaunassen Gräser feuchteten die Stiefel; die Sterne schienen mit den beiden Einsamen zu wandeln. Die Ebene schien gar kein Ende nehmen zu wollen: in sanften Linien malte sich der Horizont vom schwarzblauen Himmel ab, und bisweilen ragte ein Baum auf, die Dunkelheit wie ein Schwert durchschneidend. Plötzlich lachte Frank Aschenbrenner mit einem sonderbar glucksenden Lachen: der Leutnant blieb stehen und sah ihn an; es war ein unsicherer Blick, voll Schuldbewußtsein und Unmut. Frank erwiderte ihn furchtlos, ja, er bohrte seine Augen tief in die seines Leutnants; er preßte die Lippen zusammen und rührte sich nicht von der Stelle, bis der Leutnant sich umkehrte und wortlos weitermarschierte. Aber es war von diesem Augenblick an, wie wenn der junge Offizier die düsteren und haßerfüllten Augen seines Soldaten beständig auf sich ruhen gefühlt hätte, als ob er dabei einen körperlichen Schmerz empfände. Und dies Unbehagen nahm zu. Frank Aschenbrenner, todmüde und so erschöpft wie er noch nie im Leben gewesen war, kam gleichwohl nicht eigentlich zum Bewußtsein dieser Müdigkeit, sondern sein Kopf war ausgefüllt von einem einzigen Gedanken, der ihn weit über alles leibliche Ungemach hinwegtrug. Als der Leutnant vor einem mageren Weidengebüsch Halt machte, nahm Frank das Gewehr ab und hörte wie im

Traum, daß ihm der Offizier befahl, niederzuknien und hinüberzuspähen nach der Chaussee, während er selbst sein Taschenbuch zog und sich anschickte, Notizen zu machen. Aber Frank gehorchte dem Befehl nicht, und der Leutnant that, als habe er es nicht bemerkt. Er schien vertieft in seine Beobachtungen; in Wirklichkeit empfand er eine unbestimmte, aber intensive Angst. Diese stille Nacht, der starke und heißblütige, von glühenden Instinkten erregte Mensch hinter ihm ließen ihn gar nicht zur Klarheit über seine wichtige militärische Mission kommen. Nicht als ob er sich gefürchtet hätte, aber es herrschte eine fremdartige Verwirrung in seinem Innern, die ihm nicht einmal zu einem bestimmten Befehl für den stummen Untergebenen Mut verlieh.

Die Landstraße erstreckte sich drüben, ein ein graues, dünnes Band, und jetzt sah der Leutnant eine feindliche Patrouille sich auf das ferne Dorf zu bewegen. „Wir müssen in die Schonung hinein," sagte er mit leiser Stimme und deutete mit der Hand auf einen kleinen Fichtenhain, der sich hinter einer hügeligen Erhebung der nahen Wiesen ausbreitete. Wieder sah er dem Soldaten starr ins Gesicht, und diesmal zuckte er zusammen und drehte krampfhaft an seinem dünnen Bart. Frank folgte ihm: Vergangene Jahre blühten plötzlich auf in seiner Phantasie, das Liebesglück stiller Jugendzeit und das Glück, das selbst im Abschied lag, und seine Augen wurden nun groß; gleichsam verlangend sah er in die Nacht, voll Rachedurst und voll Durst nach Freiheit, die er so lange entbehrt hatte und deren Entbehrung ihm erst jetzt bewußt wurde. Er heftete den Blick, von Haß und Wildheit erfüllt auf den jungen Offizier, der es immer stärker empfand, welche Gefahr ihm drohte, als hätte der tiefe Friede und die lautlose Nacht seine Nerven bis ins feinste verschärft.

Sie standen unter den Bäumen des finsteren Wäldchens. Die Stille war hier noch bedrückender, die Luft noch schwüler. „Herr Leutnant," sagte Frank Aschenbrenner. — Der Offizier wandte sich um. „Nun?" — „Die Veni war mein Schatz." — Der Leutnant begann zu zittern. Er wußte nicht zu antworten. Nach einer Weile befahl er mit heiserer Stimme: „Sie haben sich ruhig zu verhalten. Was wollen Sie?" — „Du bist ein Hund," sagte Frank mit einer Bestimmtheit, die ihm selbst unerwartet erschien. „Du bist ein Hund," wiederholte er, als der Leutnant schwieg. — „Gewehr und Seitengewehr ablegen!" schrie der Leutnant gleichsam mit einem letzten Kraftaufwand und ging entschlossen auf den Soldaten zu, der da stand ohne eine Hand zu rühren. Doch plötzlich sprang er wie ein wildes Tier auf seinen Offizier los.

Der Morgen naht: auf die Fluren legt sich ein silberner Nebel und der Himmel erblaßt im Osten. Es ist die fahle Stirn des Tages, die langsam emportaucht; erschrocken ziehen weißliche Wolken eilig gegen Westen und weit in der Ferne ertönt das Kleingewehrfeuer der manövrierenden Brigaden. Frank Aschenbrenner sitzt an der Leiche des Offiziers, dem er den Waffenrock vom Leib gerissen hat und starrt fortwährend nieder in das vom Morgenschein immer bleicher werdende Gesicht des Toten. Jetzt, da er nicht mehr den bunten Rock mit den Epauletten am Körper des jungen Leutnants erblickte, war es auch nicht mehr der Vorgesetzte, den er getötet, sondern es war ein Mensch gleich ihm. Er hatte seine Ehre verteidigt und seine Pflicht erfüllt, indem er sich gerächt hatte. Er sitzt da und starrt und bereut nichts; er fühlt sich seltsam zufrieden durch das, was er gethan. Ob man ihn suchen würde? Es kümmert ihn nicht.

Endlich erhebt er sich, — längst schon war das Signal zum Sammeln ertönt, — ordnet seinen Anzug, nimmt das Gewehr über und schreitet langsam über die Äcker, als ob nichts geschehen wäre. Leicht und heiter ist ihm zu

Mut, mit glänzenden Augen schaut er in den heller werdenden Himmel und nie hat er das Leben so golden vor sich liegen gesehen als gerade jetzt, da er doch eigentlich mit dem Leben abgeschlossen haben sollte. Ja, er beginnt leise vor sich hinzusummen und gut gelaunt stößt er die Steine fort, die in seinem Weg liegen. Auf einmal bleibt er stehen. Er dachte daran, daß er arm sei, und daß er noch nie einen überflüssigen Pfennig besessen hatte. Ein Offizier hat doch immer viel Geld, dachte er, und es that ihm sehr leid, daß er nicht einmal die Kleider des toten Leutnants untersucht hatte. Dann wuchs die Vorstellung von dem Reichtum des Offiziers so sehr in seiner Phantasie, daß er umkehrte und mit hastigen Schritten den Schauplatz seiner nächtlichen That wieder aufsuchte. Bald stand er wieder unter den niedern Bäumen des Wäldchens. Er durchsuchte mit zitternden Händen alle Taschen, aber er fand nichts, als einen Geldbeutel mit einem Inhalt von wenig mehr als sieben Mark. Das machte ihn bestürzt und erschütterte ihn. Daß ein Leutnant arm sein sollte, ärmer als er selbst, konnte er nicht fassen und versetzte ihn in einen kindischen Schrecken.

Und Frank Aschenbrenner steckte das gefundene Geld zu sich und ging. Sein Gesicht war bleich und auf einmal empfand er Furcht. Das Geld in seiner Tasche bedrückte ihn, es schien den ganzen Körper niederzuziehen in eine Schlucht oder in das Ackerfeld da neben ihm. Alle Heiterkeit und alle Befriedigung war mit einemmal fort und er stierte in die Ebene hinaus, ob man ihn nicht verfolge. Er glaubte Schreie zu hören, er glaubte, der Tote sei aufgewacht und springe hinter ihm her, und die Mutter des Todten sah er, die ihm zurief .... Er nahm das Geld und warf es weit von sich, aber da half nichts, die heiße Angst in seiner Seele wurde unerträglicher, und plötzlich sah er eine militärische Patrouille am Horizont auftauchen. Da warf er das Gewehr von sich und begann zu laufen, aber ein seltsamer Wahnsinn ließ ihn gerade auf die Patrouille zulaufen, — er stöhnte in seinem tollen Lauf, Geld, Geld rollte in hunderttausend Plättchen um ihn her und als die Sonne heraufstieg, war ihm, als sähe er ein großes glänzendes Geldstück vor sich, das langsam auf ihn zukam, um ihn zu zermalmen. Dann kamen mehrere; sie liefen viel schneller als er vermochte, stürzten sich über ihn, schienen seinen Köper zu durchschneiden wie Messer und wie ein unvertilgbarer Jammer kam die Erkenntnis über ihn, wodurch er unterlegen war und was jene Mächtigen dort über ihm so mächtig werden ließ: jenes gute Gesetz, das jeden ihrer Pfennige schützt und das höhnisch und unnahbar jedes verzweifelte Aufraffen der Schwachen und Reinen tötet.

Bald hatte ihn eine militärische Eskorte aufgegriffen.

Mit Zintara und Bumtara marschiert die Brigade ins Quartier. Ein bißchen Blechmusik und die Kraft der erschöpften Armeen belebt sich wieder. Aller Groll ist vergessen, die Gewehre und die Degen der Offiziere blitzen im Sonnenschein. Nichts erinnert an die Qualen des nächtlichen Marsches; der Geist der Ordnung und der Disciplin ist wieder eingekehrt, und als die Musik schweigt, erschallt das kecke Soldatenlied von tausend Kehlen:

Der Feind, der kommt von Frankreich her,
Zu Fuß und auch zu Pferd.

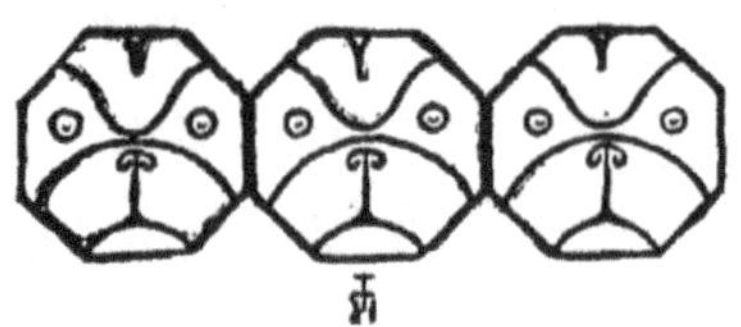

Druck von Hesse & Becker in Leipzig.

www.ingramcontent.com/pod-product-compliance
Lightning Source LLC
Chambersburg PA
CBHW060801310726
48980CB00002B/192

* 9 7 8 3 8 4 6 0 8 4 6 5 6 *